Ossi Heindl

Max Esterl und das Rote Herz

Max Esterls zweiter Fall

Ein Böhmerwaldkrimi

Ohetaler Verlag

Impressum

„Max Esterl und das Rote Herz"
Max Esterls zweiter Fall - ein Böhmerwaldkrimi

Autor
Ossi Heindl

Layout
Hans Schopf

Umschlaggestaltung und Druck
EUROVERLAG GmbH

Herausgeber
Ohetaler Verlag
Kühbergweg 28 • 94566 Riedlhütte
www.ohetaler-verlag.de
info@ohetaler-verlag.de
Tel. 08553/9788870
in Zusammenarbeit mit
Verein „Karl Klostermannverein – Dichter des Böhmerwaldes e. V."
Rosenauerstrasse 5 • 94481 Grafenau

ISBN 978-3-95511-034-5

Inhaltsverzeichnis

Prolog

Etwa zweieinhalb Kilometer hinter dem Dorfe Rehberg, gegen Südwesten zu, fließt das Wasser des Kanals, der die Widra mit dem Kieslingbach verbindet. Ein elender Weg führt zu ihm und tritt aus dem Tal des Stillseifener Baches über trockene Heiden heraus bis zum braunen Wasser dieses Kanals, über den sich in einem Bogen eine kleine steinerne Brücke wölbt, hinter der ein hoher Mischwald emporragt, den sie den Hauswald nennen.

Geht man diesen Weg weiter, kommt man zu zwei Kapellen, die auf der linken und rechten Seite des Weges stehen. Eine ist der anderen mit dem Eingange zugekehrt. Eine dieser Kapellen ist schon sehr baufällig, der Eingang ist stets offen und blickt man in das Innere, sieht man darin ein sonderbares Kunterbunt der verschiedensten Gegenstände, die der wundertätigen Jungfrau geopfert sind. Ordnungs- und zusammenhanglos hängen sie an den Wänden, und die Gaben, die hier als Zeichen der Dankbarkeit für wunderbare Heilung, Hilfe in der Not und erfüllte Sehnsucht zusammengetragen wurden, bedecken auch den kleinen Altar. Bilder und Bildchen, Kreuze, Rosenkränze, Statuen, Holzschnitzereien und Wachsgegenstände, welche menschliche Glieder und Körperteile vorstellen, befinden sich hier.

Die schaffende Hand des Künstlers suchte zumeist durch diese Symbole die Gebrechen und Verkrüppelungen darzustellen, mit denen das oder jenes Glied behaftet war. Man kann nicht behaupten, dass der oder die Künstler besonderen Geschmack hatten und es ist nicht verwunderlich, dass eine Dame, die ich auf diesen Brauch aufmerksam machte, ihr unverhülltes Entsetzen äußerte, sich davon abwandte und sagte: „Das ist wirklich eklig, ganz abscheulich!“

Wohl ist es wahr, merkwürdig ist diese Auffassung der Dinge – jedoch – wie man dies auch sonst bezeichnen mag – ist nicht zu leugnen, dass dies auf viel kindlicher Naivität beruht, auf soviel aufrichtiger Dankbarkeit, dass der Mensch kein Ärgernis davon nehmen soll. Die Mutter Gottes und Gott selbst, der im Himmel thront und ins Innerste seiner armen Erdenkinder blickt, ob sie dies erzürnt?

Die neue Kapelle ist schön aus Stein gebaut und weiß gestrichen. Sie soll die Stelle der anderen einnehmen, welche einzufallen droht. Die Rehberger halten viel auf sie und lassen sie fleißig geschlossen. Mich hat sie nicht erwärmt, mein ganzes Herz, meine Andacht gehörte der alten. Wenn wir ihren Einsturz erleben, wird wohl von ihrem Ende ebenso viel Kummer und Schmerz ausgehen wie aus dem Ende vieler Dinge in diesen Gegenden, deren Zeuge ich in meinen jungen Jahren war.

Als Knabe bin ich sehr oft hierhergekommen. Ich dachte hier nach und alles versetzte mich in eine sanfte, andächtige Stimmung und ich kann nicht beschreiben, wie es mein Herz bewegte. Ewiger Schatten herrschte hier und ehrwürdige Stille unter den alten Fichten, Tannen und Buchen, die dicht wie eine lebende Wand die Kapelle umstanden. Fort sind die Fichten und Tannen, bloß die modernden, von dichtem Moose bewachsenen, mächtigen Stümpfe geben Kunde, wo die Riesen zum Himmel ragten, Erinnerungen an alte Zeiten, die vergangen sind, unbezwingliche Gegner der Zeit. Nur die Buchen mit ihren weißlichen Stämmen, stellenweise mit dunkelgrünem Moos bewachsen, haben sie überdauert. Doch – auch diese letzten Reste einstiger Waldespracht werden an die Reihe kommen. Die Bauern, denen der Wald gehört, brauchen Geld und die Fabriken brauchen Holz für Zündhölzer und für verschiedene Geräte aus Buchenholz.

Die hier geopferten Votivgaben interessierten mich nicht wenig und regten meinen jungen Sinn zum Nachdenken über das menschliche Elend an. Es waren hier viele Gegenstände angehäuft, deren Zeichen und Sinn ich nicht ergründen konnte, unter anderem auch ein großes Herz, sehr plump aus Holz geschnitten. Es war mit einer schreiend roten Farbe angestrichen und hing an einem Rosenkranz aus groben, schwarzen Perlen. Was mochte dieses Opfer wohl von der Gottesmutter erbeten haben? Wurde es hierher gehängt, um den Dank auszudrücken dafür, dass die Himmelsmutter ein Herzleiden geheilt hat? – Möglich – doch wurde mir darüber keine Klarheit und so kam es, dass ich bald auf diese Herzensangelegenheit vergaß.

Als ich nach zwei Jahren wieder nach Rehberg kam – ich war damals etwa sechzehn Jahre alt – führte mich einer meiner Ausflüge wieder zur Hauswald-Kapelle. Ein Bauernbursche, viel älter als ich, begleitete mich. Plötzlich bemerkte ich im Moos und in den Heidelbeeren nahe bei der Kapelle etwas, das in meiner Seele eine halb vergangene Erinnerung wachrief. Ein hölzernes Herz lag dort, doch war es nicht mehr rot, da der Regen die Farbe abgewaschen hatte. Ich hob es auf und zeigte es meinem Begleiter. Der riss es mir aus der Hand und warf es weg, dass es an einem in der Nähe befindlichen Stein zerschellte.

„Ein Fluch klebt daran“, sagte er, „darum haben wir es aus der Kapelle herausgeworfen. Rühr es nicht an!“

Karl Klostermann
Das rote Herz ---Červené srdce

Emil feuert: Schüsse am Arbersee

„So ein Krampf", dachte Max Esterl, während er sein Gewehr fest an seine rechte Wange drückte, „so ein Oberkrampf". Der Gewehrschaft fühlte sich kalt an.

„Jetzt nicht mehr atmen", versuchte er sich zu beruhigen, „ganz, ganz ruhig werden." Das Ziel anvisieren, den Druckpunkt am Abzug suchen. Scheiße, jetzt hatte er schon wieder geatmet und damit seine Position verändert. Max konnte hören, wie links und rechts von ihm Schüsse fielen, er konnte die Aufschreie hören, wenn die Kugeln ihr Ziel trafen, nur er traf nichts, er schoss nicht einmal.

Also noch mal: Nicht mehr atmen, ganz ruhig werden. Oder war die Reihenfolge umgekehrt gewesen: Ganz ruhig werden und dann nicht mehr atmen?

„Egal", beschloss Max, „ich hau jetzt fünf Schuss raus und wenn´s fünf Strafrunden werden.

Rentner-Biathlon! Das konnte ja nicht gut gehen. So eine saudumme Idee!"

Max war drauf und dran, sein Gewehr wegzuschmeißen.

Max mochte sich gar nicht vorstellen, was daraufhin passieren würde. Welche Kommentare die Zuschauer geben würden!

Er, der Ex-Kriminalkommissar aus München, der das Schießen in dem halben Jahr seitdem er nun schon pensioniert war total verlernt hatte. Der so wenig Kondition hatte, dass er nach zwei Kilometern Langlaufen kein Gewehr mehr halten konnte. Nicht auszudenken, was seine Freunde alles an spöttischen Bemerkungen auf Lager hatten, wenn er sich hier so blamierte. Max verwünschte den Tag, als er seinem Freund Emil, dem Revierförster von Rabenstein, die Zusage gegeben hatte.

„Du bist eingeladen", hatte dieser vor einigen Wochen gesagt. „Ich hab Geburtstag. Den Sechzigsten. Und da hab ich mir für meine Freunde etwas Besonderes einfallen lassen."

Der Emil, mit dem Max Esterl schon seit ihrer gemeinsamen Schulzeit befreundet war, hatte in seiner Jugend ziemlich erfolgreich Biathlon betrieben und er war immer noch, trotz seines Alters und seines stattlichen Körperumfangs ein guter Langläufer. Auch die anderen Teilnehmer am „Gaudirennen", wie Emil es bezeichnet hatte, schienen im Laufen wie im Schießen ziemlich fit zu sein. Max lag auf alle Fälle seit geraumer Zeit alleine am Schießstand.

„Kruminale", zischte Max sein Lieblingsschimpfwort, „Kruminale", und dann begann er zu schießen.

„Hau sie raus, die fünf Schuss", sagte Max zu sich selbst.

Erster Schuss: Ein spöttisches Johlen der Zuschauer, links daneben! Aber nicht weit daneben. Noch einmal ruhig werden, sich konzentrieren, das Zittern abstellen, im Fernsehen sah das irgendwie leichter aus.

Druckpunkt suchen. Jetzt!

Ein Raunen ging durch die Zuschauer. „Geht doch!"

Und gleich der nächste Schuss. Treffer! Und Treffer! Und Treffer!

Max riss die Hände hoch zum Jubeln, stand schnell auf, wobei ihm die Langlaufskier saudumm in die Quere kamen, packte seine Skistöcke und wollte gerade kraftvoll und doch elegant loslaufen – man war ja seinen Zuschauern etwas schuldig – da hörte er ein vielstimmiges Gelächter. Die Zuschauer amüsierten sich großartig.

Hatte er etwas falsch gemacht? Er hatte doch eine glänzende Leistung geboten, wie eine Reinkarnation der zurückgetretenen Magdalena Neuner hatte er geschossen. Gut, er war Letzter. Aber die Abstände waren nicht so groß. Also laufen!

Max setzte die Stöcke ein und katapultierte sich vorwärts. Gleich kam die Abfahrt, bis dahin musste er noch eine gute Figur machen und konzentriert weiterlaufen, dann war er den Blicken der Zuschauer entschwunden und konnte die Sache langsamer angehen.

Max kam sich vor, wie zu seinen Schülerzeiten am Gymnasium Zwiesel. Gehasst hatte er die Ausdauerwettkämpfe, vor allem die Langlaufwettbewerbe. Bei jedem der Wettkämpfe hatte Max allerdings mitgemacht. Ebenso regelmäßig aber war der Gymnasiast Max gescheitert. Schlechtes Material, falsches Wachs, vor allem aber: keine Trainingsvorbereitung. Und so musste Max regelmäßig zusehen, wie ihn die anderen überholten, sogar sein ewiger Sportrivale Ludwig Rindl, jetzt Vizepolizeichef in Zwiesel, der Heimatstadt der beiden. Nur in den Ballsportarten, da war Max ein

Ass gewesen, da hatte er den Rindl regelmäßig alt ausschauen lassen, im Fußball, im Basketball….

Was schrien die Zuschauer hinter ihm her? Das Gewehr?

Max tastete seinen Rücken ab. Nichts.

Die Zuschauer johlten:

Max hatte sein Gewehr vergessen.

Inzwischen war Max schon am Beginn der Abfahrt, war gerade dabei sich in die Hocke zu begeben, soweit dies sein Bauch zuließ, und nahm Fahrt auf.

Also genau im abschüssigen Bereich bremsen, umdrehen und zurücklaufen. Max war kein schlechter Skifahrer, aber das war eine Herausforderung. Bis zum Ende der Abfahrt, so schoss es Max jetzt durch den Kopf, konnte er es nicht laufen lassen, dann musste er das ganze Stück wieder hoch, dann konnte er gleich aufgeben. Also aus der Spur, nach rechts schwingen und möglichst elegant den Bogen machen, sodass er vielleicht sogar noch ein wenig Schwung für den Aufstieg mitnehmen konnte.

Aus der Spur kam Max ohne Probleme, der Schwung nach rechts aber brachte ihn schon leicht aus dem Gleichgewicht in eine verdammte Rücklage und jetzt kam er auch noch in den Tiefschnee. Erst hatte es ihm die Skier weggezogen, Max hatte mit beiden Händen gerudert um sein Gleichgewicht wieder herzustellen: In dieser labilen Lage war er voll in den Tiefschnee geraten, aus der Rück- war in Bruchteilen von Sekunden eine Vorlage geworden, es riss den Unglücklichen endgültig von den Skiern, er flog nach vorne, landete kopfüber im Schnee und überschlug sich.

„Zum Glück hab ich das Gewehr vergessen, das hätte mir bestimmt das Genick gebrochen", war Max` erster Gedanke. Dann begann er seine Knochen zu sortieren. Der Tiefschnee hatte seinen Sturz verursacht, aber gleichzeitig auch gedämpft, Schmerzen verspürte Max nicht. Noch nicht.

Aus seiner aktiven Zeit als Kriminalkommissar in München, so lange war das noch nicht her, wusste Max, dass das Schmerzempfinden etwas Relatives war. Max rappelte sich auf und probierte aus, ob noch alle seine Glieder funktionierten. Ein Streckenposten war inzwischen herbeigeeilt und versuchte den Samariter zu spielen:

„Alles in Ordnung mit dir, Max?"

Natürlich war alles in Ordnung mit ihm, die Skier waren noch dran, nur einen Stock hatte er verloren, auf den war er wohl mit der Schulter draufgeflogen. Jetzt sah es Max: Der Stock war zu Bruch gegangen. Und als er sich bücken und den Stock aufklauben wollte, spürte Max, dass er den linken Arm nicht mehr richtig heben konnte.

„Willst meinen Stock als Ersatz?", fragte der Streckenposten hilfsbereit.

„Ja, gib her, ich probier´s nochmal. Mein Gewehr lass ich am Schießstand liegen, ich komm sowieso wieder dorthin, geht ja gar nicht anders, sag bitte per Funk Bescheid, die sollen aufpassen, dass es nicht wegkommt."

Max hatte beschlossen, die Biathlonregeln etwas zu verändern. Zurücklaufen? Jetzt, wo er sowieso an seiner Schulter gehandicapt war! Das konnte ihm keiner zumuten.

Und so nahm Max Esterl, etwas ramponiert und voller Schnee, mit einem Ersatzskistock die eigentlich aussichtslose Verfolgung auf.

Aussichtslose Fälle waren seine Spezialität gewesen, als er noch im aktiven Dienst bei der Münchner Kripo gewesen war. Aber jetzt war Max Esterl im Ruhestand, er war mit seiner Frau Eva, einer Deutschlehrerin, in seine alte Heimat nach Zwiesel gezogen und wollte nichts als seine Ruhe genießen, mit alten Freunden Schafkopf spielen, die faszinierenden Romane des fast vergessenen Böhmerwalddichters Karl Klostermann lesen, die ebenso faszinierende Bergwelt des Bayer- und des Böhmerwaldes wiederentdecken und jetzt im Winter, Ski fahren.

Momentan allerdings machte das Ski fahren dem Max gerade keinen Spaß. Die Abfahrt hatte er gut überstanden, den nun folgenden Aufstieg musste er sich aber hinaufschinden, die Schulter schien zwar noch zu funktionieren, aber sie schmerzte bei jedem Stockschub.

So quälte sich der Amateurbiathlet Max Esterl durch die Biathlonstrecke am Großen Arbersee, er achtete nicht auf die Schönheit der Winterlandschaft unterm Arber, er sah nicht das Glitzern der Schneekristalle in der schon sanften Februarsonne, nicht die großen Fichten, die die Strecke säumten und von Zeit zu Zeit einen Teil der Schneelast von ihren Ästen schüttelten, er spürte nicht den milden Geruch des Frühlings, der unmerklich, langsam den Berg hinaufzog.

Max ärgerte sich, warum er diesen „Krampf" überhaupt mitmachte, warum er zugesagt hatte, als ihn sein alter Jugendfreund, der Förster Emil Bär zum Biathlon anlässlich seines Sechzigsten eingeladen hatte. „Acht Teilnehmer sind´s bloß", hatte Emil bei der Einladung angekündigt. „Das wird eine Spitzengaudi, wirst sehen", hatte Emil seinen Freund zu überzeugen versucht. „Da sind nur Läufer in unserem Alter am Start", hatte er die Bedenken von Max zerstreut, „die meisten sind wampert und ohne Kondition, da gehörst du zu den Favoriten", hatte er dem Max geschmeichelt. Und Max hatte sich einseifen lassen. Wampert und ohne Kondition. Jetzt, wo er den nächsten Anstieg zu bewältigen hatte, bemerkte Max, dass diese Beschreibung ihn selber am besten charakterisierte.

Der erste Bayerwaldwinter seit seiner Pensionierung hatte ihm nicht gut getan weil er sich´s zu gut gehen hatte lassen. Die Advents- und die Weihnachtszeit waren zu einer permanenten Versuchung für Max geworden. Seine Frau, die Eva, die durchaus eine Meisterköchin war, hatte bei einer oder zwei Gelegenheiten im Kreis ihrer Bekannten verlauten lassen, dass sie wegen ihres Lehrerberufs gerade in der Vorweihnachtszeit zu viel Stress habe.

„Adventszeit ist Korrekturzeit", hatte sie gesagt, „zum Plätzchenbacken komm ich nicht."

Alle anwesenden Frauen hatten Max bedauert und versprochen, ihn mit allerlei Leckereien zu versorgen. Leider hatten sie Wort gehalten und Max hatte nicht oft genug widerstehen können.

Dann waren die Wochen der Weihnachtsferien gekommen, Besuche bei vielen alten Bekannten, Freundschaften, die bei einem Stamperl Schnaps oder einem ebenso süffigen wie kalorienreichen Dampfbierbräu-Weihnachtsbock erneut besiegelt wurden.

Eva, die die meiste Zeit in ihrem Arbeitszimmer saß und korrigierte, fragte ihren Mann jeden Tag, ob er denn heute Skifahren oder Langlaufen gehe, und jeden Tag hörte sie eine neue Ausrede: „Am Arber geht´s so zu, gestern sind erst wieder zwei Skifahrer ineinander gerast, da bringt mich jetzt keiner hin. Nach den Ferien ist auch noch Winter, ich hab Zeit."

Oder: „Zu viele Leute auf der Loipe. Am Bretterschachten zertrampeln´s´ dich, außerdem bin ich nicht so damisch und bezahl die teure Parkgebühr dort und selbst am Kaisersteig in Rabenstein findest du keinen Parkplatz. Wenn die Touristen weg sind, dann wird´s besser."

„Wenn dir nur dann dein Langlaufanzug noch passt, den ich dir zu Weihnachten geschenkt habe", hatte Eva spitz gesagt.

Max war beleidigt gewesen, aber er musste innerlich zugeben, dass Eva, wie so oft Recht hatte. Es musste etwas getan werden.

Darum war Max der Einladung zum Biathlon auch gefolgt. Bewegung war gut, Sport war gut.

Aber so hatte Max sich das nicht vorgestellt. Sich zum Deppen machen.

Jetzt kam Max langsam in die Nähe des Schießstandes, jetzt hieß es sich wieder ein wenig zusammenzureißen, zügig zu laufen, ja fast mühelos dahinzugleiten. Hoppla, fast wäre Max aus dem Gleichgewicht geraten, das hätte ihm gerade noch gefehlt, vor all den Zuschauern. Die Konkurrenz war natürlich schon fast mit dem Schießen fertig, die besten verließen den Schießplatz schon, darunter an zweiter Stelle: Ludwig Rindl. Das ging nicht, ausgerechnet den hatte er doch immer gedupft während ihrer Schulzeit, außer bei gravierender Materialunterlegenheit, der hatte zudem einen Riesenranzen und jetzt war d e r auf einem Stockerlplatz, praktisch unerreichbar für ihn, Max Esterl, der die ganzen Weihnachtsferien der Magdalena Neuner am Fernseher bei ihren Siegläufen zugesehen hatte, der einwandfrei wusste, wie´s geht.

Die Schulter, Max spürte, dass da bald nichts mehr ging, er ließ den linken Arm hängen und lief mit schmerzverzerrtem Gesicht weiter Richtung Schießstand. Nicht aufgeben!

Die Gäste sollten sehen, zu was ein Kriminaler fähig war, „Kruminale“! Mit seinem Lieblingsfluch auf den Lippen bog Max Esterl in die Gerade ein, die zum Schießstand führte. Die richtige Schießbox suchen, abstoppen… wo war sein Gewehr? „Kruminale“, warum hatte man sein Gewehr verräumt?

Ein Mann, den Max nicht kannte, der aber eine Armbinde trug, die ihn als Kampfrichter auswies und eine wichtige Miene aufgesetzt hatte, kam auf Max zu. Der Wichtigtuer verkündete: „Die Nummer 6 ist disqualifiziert. Brauchst gar nicht mehr weiterlaufen."

Max schaute an sich herunter: Nummer 9.

Von oben her gesehen. Also doch Nummer 6!

„Kruminale, warum bin ich disqualifiziert, wegen dem Gewehr, das ich vergessen habe? Ich dachte, das hier ist ein Gaudibiathlon", protestierte Max mehr zum Schein, denn eigentlich war er recht froh, dass er nicht mehr weiterlaufen musste, äh durfte. Disqualifikation, das klang um einiges ehrenvoller als Aufgabe.

Seine Schulter tat jetzt auch kaum noch weh, und als einer der Zuschauer ihm eine Flasche Bier reichte, ging es Max schon sehr viel besser. Nach dem ersten Schluck von dem „isotonischen Kaltgetränk" durchströmte den Hobbybiathleten sogar ein richtiges Wohlgefühl, das sich mit dem zweiten noch steigerte und nicht einmal getrübt wurde, als Max verfolgen musste, wer nach spannendem Finish gewann.

Vizepolizeichef Ludwig Rindl hatte eine Nullfehlerserie im letzten Stehendschießen hingelegt und war mit so großem Vorsprung auf Emil Bär, seinen ärgsten Verfolger, in die Schlussrunde gegangen, dass dieser ihn, trotz eines grandiosen Schlussspurts, nicht mehr einholen konnte. Nun standen die beiden, erschöpft aber glücklich, sich gegenseitig stützend mit hochroten Köpfen im Ziel.

Und Max blieb nichts anderes übrig, als Ludwig, dem Haubentaucher zu gratulieren. Auch das noch! Eine faire Geste zeigen, Sportsmann bleiben. Kruminale.

Nachdem Max sich geduscht und umgezogen hatte, war sein größter Grant schon verflogen. Das Anziehen hatte ihm ein wenig Probleme bereitet, weil er den linken Arm nicht so richtig heben konnte, um in einen Ärmel zu schlüpfen. Aber das würde sich schon geben, man war ja nicht so empfindlich. Jetzt noch die Skier ins Auto, das Paar Stöcke war ja durch den Bruch unbrauchbar geworden. Max nahm es mit, um es zu entsorgen. Den heilen Stock, so fiel ihm ein, konnte er im Frühjahr ja als Stütze für seine Tomaten hernehmen. Max hatte sich fest vorgenommen zu garteln, sobald es die Bayerwaldwitterung erlaubte. Darauf hatte er in seiner Münchner Mitwohnung jahrzehntelang verzichten müssen. Die paar Balkonpflanzen waren kein rechter Ersatz gewesen.

Emil feiert: Zwiefache von Äff-tam-tam

Max freute sich jetzt schön langsam auf die Geburtstagsfeier, die heute Abend im Gasthof „Zur alten Dampfsäge“ in Buchenau stattfinden sollte. Er musste nur noch Eva abholen, die bis in den späten Nachmittag hinein unterrichtet hatte, und das Geschenk, das eigentlich gar kein richtiges Geschenk war, sondern nur der Hinweis auf das eigentliche, das „lebendige“ Geschenk. Die Freunde von Emil Bär wussten um dessen große Leidenschaft, die noch größer war als seine Liebe zum Pfefferbier, ebenso tief wie seine Liebe zum Wald und zur Natur und fast so groß wie seine Liebe zu seiner Frau Kathi.

Kathi war früher einmal der heißeste Feger von Rabenstein gewesen, auch Max hatte… .

Aber das gehörte jetzt nicht hierher.

Die große Leidenschaft des Rabensteiner Revierförsters Emil Bär war die Musik. Wenn man ihn so sah, den Emil, den nach außen hin ziemlich vierschrötigen, mit einem stattlichen Bauch und einem roten, etwas groben, verschmitzt und irgendwie gemütlich aussehenden Gesicht versehen, das von einem kräftigen, seit einiger Zeit von feinen Silberfäden durchzogenen schwarzen Bart eingerahmt wurde, wenn man ihn so sah, konnte man sich nicht vorstellen, dass in diesem ungeschlachten Mann ein ganz feiner, ganz musikalischer Geist steckte. Nicht nur ein Faible für die Blasmusik oder für Jagdhornbläser hatte der Emil, nein, er liebte auch Jazz, hatte sogar eine beachtliche Jazzmusik – Sammlung, war ein guter Klassikkenner und er mochte die Volksmusik in all ihren Variationen. Ein Wirtshausabend mit Emil ohne „Gsangl“, das war schier undenkbar.

Und so war dem Max der Gedanke gekommen, dem Emil Bär zum Geburtstag Musik zu schenken, eine ganze Kapelle. Alle Freunde waren begeistert von der Idee des Ex-Kriminalers und so hatte man die Musik verpflichtet, an der Emil wohl die größte Freude haben würde, die „Äff-tam-tam Musikanten“. Und dazu noch einen der genialsten Musiker, die Max jemals kennengelernt und gehört hatte, einen Kollegen von Eva am Gymnasium, den Tischler Pepperl, einen „böhmischen Erzmusikanten“.

Da die Geburtstagsfeier in Buchenau stattfinden sollte, dem Geburtsort von Emil, musste Max sowieso vom Arbersee her über Zwiesel fahren und konnte dort gleich Eva aufgabeln. Langsam fuhr Max mit seinem Auto bergab durch den Winterwald. Meterhohe Schneemauern säumten die kurvenreiche Straße. Bis jetzt war der Winter gut für Max gewesen, schneereich und streng, auch wenn er noch nicht richtig zum Skifahren gekommen war und nur einige Male zum Eisstockschießen draußen war.

In Gedanken an die spannenden und lustigen Eisstockpartien dieses Jahres fuhr Max durch den kleinen Ort Regenhütte am Fuß des Arbers, ärgerte sich über die langsamen Skitouristen, die, vom Arberskigebiet kommend, in die gleiche Richtung wie er, zur B 11 zockelten und an der Einmündung in die Bundesstraße eine ziemliche Schlange bildeten. Schließlich konnte er einfädeln und fuhr nach wenigen Minuten am Schloss Ludwigsthal vorbei.

Jedes Mal, wenn er das Schloss sah, wurde Max an sein Abenteuer erinnert, das er dort im Herbst des vergangenen Jahres erlebt hatte, und er rieb sich die Stelle am Hinterkopf, wo ihn die Gangster erwischt hatten. Kein halbes Jahr war das jetzt her, dem Max aber kam es so vor, als sei schon viel Zeit vergangen seitdem. Das würde ihm nicht nochmals passieren, so hatte er sich fest vorgenommen und so hatte er seiner Eva auch versprochen, ja fast geschworen: Die Zeit der Gangsterjagden war vorbei. Endgültig.

Max öffnete die Tür zu dem Haus, das sich Eva und er gekauft hatten, als ihr Entschluss feststand, nach der Pensionierung von Max in den Bayerwald zu ziehen. Eva war total überrascht gewesen, wie günstig der Preis für dieses neu renovierte Häuschen mit einer wunderschönen Aussicht auf die Bayerwaldberge und einem ansehnlichen Garten war.

In München, mit seinem total überhitzten Wohnungsmarkt hätten sie für das Geld höchstens eine Dreizimmerwohnung in einem der unattraktiveren Stadtviertel bekommen. Die Entvölkerung des Bayerwaldes, so hatte ihr der Max erklärt, sei schuld an dem Zusammenbruch des Immobilienmarktes.

„Die Jungen ziehen weg und die Alten sterben weg“, hatte Max als Grund für den Bevölkerungsschwund genannt. „Für uns ist es gut, aber dein Gymnasium wird wohl in den nächsten Jahren seine Schülerzahlen nicht halten können.“

Eva war, seit ihrem Umzug nach Zwiesel als Deutschlehrerin am dortigen Gymnasium tätig. Erst war sie skeptisch gewesen, ob sie die Schüler dort wegen ihres stark ausgeprägten Dialekts auch verstehen würde, ihre Skepsis hatte sich jedoch schnell gelegt und war einer Begeisterung gewichen: Die Bayerwaldkinder waren viel einfacher zu unterrichten als die in der Großstadt.

Weil Eva, obwohl sie in München geboren und aufgewachsen war, Hochdeutsch sprach, bemühten sich auch die Schüler, mit ihr Hochsprache zu reden oder das zumindest zu versuchen. „Frau Esterl, obacht, treten sie nicht hinein in die Lacka", hatte sie beim Herbstwandertag ein Fünftklässler vor einer Pfütze gewarnt. Wenn Eva diese Geschichten ihrem Max erzählte, erwiderte dieser stets: „Warum sollst du deine Schüler nicht verstehen, verstehst ja mi aa."

Max hatte also die Tür zu ihrem Haus geöffnet und war kaum in den Flur getreten, da kam Eva ihm schon entgegen, ihre immer noch recht jugendliche Figur steckte in einem ziemlich eleganten Kostüm, sie hatte eine Halskette und Ohrringe angelegt, die sie erst vor kurzem einer jungen Glaskünstlerin aus Lindberg, einer Absolventin der renommierten Zwieseler Glasfachschule abgekauft hatte. Eva war ganz begeistert gewesen vom Ideenreichtum dieser jungen Frau und ihrem wunderschönen Glasschmuck und Max hatte sich im Stillen darüber gefreut und war ein wenig stolz gewesen auf das, was seine „Glasstadt" so alles hervorbrachte.

„So willst du zu der Geburtstagsfeier gehen? Da muss ich mich zu Tode schämen."

Max schaute an sich herunter. Seine Lieblingsjeans waren frisch gewaschen und sein kariertes Hemd hatte er erst heute früh aus dem Kleiderschrank genommen, geduscht war er auch, kämmen musste sich Max schon seit Jahren nicht mehr…, er fand nichts auszusetzen an sich.

„Ja, schau dich nur an, aber du siehst das ja nicht, willst es nicht sehen: Deine ältesten Jeans hast du angezogen, dein Hemd ist voller Falten, das hast du bestimmt einfach in deine Sporttasche gekruscht beim Biathlon, und die Schuhe, willst du wirklich mit diesen Schuhen auf eine Geburtstagsfeier gehen? Was sollen denn die Leute dort von mir denken?"

Max wollte schon erwidern, dass die Leute sich ja von IHM etwas denken müssten und nicht von ihr, der Eva, und dass ihm, dem Max Esterl das wurscht sei, scheißegal, Kruminale! Und wenn die Leute ihn nicht so mögen würden, wie er ist, dann sollten sie es bleiben lassen, Kruminale! Er sei pensioniert und da habe er auf nichts und niemanden mehr Rücksicht zu nehmen. Punkt.

„Wenn du unbedingt meinst, dann zieh ich halt andere Schuhe und ein weißes Hemd an."

Ein Streit jetzt, kurz vor der Geburtstagsfeier auf die Max sich so gefreut hatte war wohl ein Riesenfehler, das sah er ein.

„Aber die Jeans behalte ich an. Punkt."

Die Diskussion und das Kleiderwechseln hatten die beiden doch etwas aufgehalten, so dass der Saal im Gasthof „Zur alten Dampfsäge“ in Buchenau fast schon voll war, als sie eintrafen.

Emil Bär und seine Frau Kathi begrüßten die Gäste. Kathi hatte ein ziemlich tief ausgeschnittenes Dirndl an, das ihre, in den letzten Jahren etwas voller gewordene Figur sehr vorteilhaft betonte, wie Max fand. Er musste sich bemühen, seiner Jugendflamme bei der Begrüßung nicht zu direkt in den Ausschnitt zu schauen. Sonst würde er sich eine spitze Bemerkung von Eva einfangen, die mit typisch weiblicher Intuition gleich von Anfang an gerochen hatte, dass mit Kathi und Max… .

„Kruminale!“, dachte Max bei sich. „Wir waren und sind Freunde und sonst nichts. Und so passt´s auch und dabei bleibt´s.“ Kathis Ausschnitt war trotzdem eine Freude.

Eva und Max bekamen einen Ehrenplatz am Tisch des Geburtstagskindes zugewiesen, Max saß Emil gegenüber und nicht Kathi – Schade.

Die jungen Musikanten von „Äff-tam-tam“ begannen schon, ihre Instrumente zu stimmen, bevor sie loslegen konnten galt es aber noch, die Sieger des Biathlonwettbewerbs zu ehren.

Emil erhob sich von seinem Platz und bat die Musikanten um einen Tusch, um sich Ruhe zu verschaffen. Der Beginn seiner Rede war ganz typisch für Emil, der im Übrigen, wie Max jetzt neidvoll feststellte, Jeans und ein kariertes Hemd trug. Immerhin war die

Grundfarbe seines Hemds grün, anscheinend musste bei einem Forstmann wie Emil immer etwas grün sein!

„Leut´ schön dass ihr da seid´s“, hob der Förster an, „drum heben wir die Gläser mit dem ausgezeichneten Hutthurmer Bier und trinken…und trinken…“, „auf deinen Sechzigsten, Emil!“, rief Johann, der Lateinlehrer vorlaut dazwischen, dem es wieder einmal nicht schnell genug ging. „Ad multos annos! Wie der Lateiner so sagt.“

Johann teilte die Menschheit in Lateiner und Nicht-Lateiner ein. Die Musikanten spielten nochmals einen Tusch und dann setzte Emil seine Rede fort:

„Wir heben erneut unser Glas und trinken auf, auf, auf… .“ Kathi stand auf und flüsterte ihrem Gatten etwas ins Ohr. Hatte der beim Biathlon schon etwas getrunken? Emil war bekannt dafür, dass er den Gerstensaft nicht verschmähte. Nicht, dass er ein Trinker gewesen wäre, aber: wenn er schon einmal dran war, dann richtig.

Max kannte das von vielen Schafkopfrunden, die er und Emil mit ihren Freunden schon gespielt hatten. Und das Bier, das hier ausgeschenkt wurde, schmeckte wirklich ausgezeichnet, soviel hatte Max schon nach dem ersten Zug den er getan hatte mit Kennermiene festgestellt. Würzig und süffig.

„Wir trinken auf die Sieger im Biathlon, auf die Könige des Wintersports“, setzte Emil seine Rede fort. „Geh, bringt´s mir noch ein frisches Bier, mein Glas ist leer und vom vielen Reden hab ich einen ganz trockenen Mund bekommen.“

„Du hast ja noch gar nichts gesagt", warf der Lateinlehrer, wiederum vorlaut dazwischen.

„Dasch schtimmt nicht!" Wenn Emil Hochdeutsch zu sprechen begann und gleichzeitig einen solchen Zungenschlag aufwies, war es höchste Eisenbahn.

Kathi reagierte als erste.

„Du hast ja recht, Emil, setz dich hin und trink in Ruhe dein Bier, die Siegerehrung sollte sowieso eine Frau durchführen, dann kriegt jeder sein Siegerbussi."

Ganz raffiniert hatte Kathi das hinbekommen, Respekt und Kruminale, fuhr es Max durch den Kopf. Emil kaltgestellt und damit die Situation zumindest vorläufig gerettet.

Max freute sich schon auf sein Bussi.

„Also", fuhr die fesche Förstersgattin fort, „beginnen wir mit der Reihenfolge von hinten her. Den achten Platz bei dieser äußerst hochkarätigen Biathlonveranstaltung belegte unser Ex-Kommissar aus München, Max Esterl."

Max trat vor Kathi hin und bot ihr sicherheitshalber schon einmal die linke Wange dar für das, für IHR Bussi.

„Leider ist der Max wegen der Missachtung der Regeln des Deutschen Biathlonverbandes disqualifiziert worden, eine Urkunde kriegt er darum nicht und natürlich auch kein Bussi."

Der Unterkiefer von Max klappte offenbar so kräftig herunter, dass es einigen Gästen auffiel. Sie begannen „Bussi, Bussi, Bussi" zu skandieren, bis Kathi ein

Einsehen zeigte, dem Max erst zublinzelte, ihn dann umarmte und ihm ein Busserl auf die Wange drückte. Hatte sich Max verhört, oder hatte ihm die Kathi dabei ein „ich muss dich unbedingt sprechen, nachher" zugeflüstert?

Max ging zurück auf seinen Platz. Der kühle Blick, den Eva ihm zuwarf, entging ihm nicht. Was hatte das zu bedeuten, was Kathi gerade eben angedeutet hatte? Max flirtete zwar immer wieder gern ein wenig mit ihr, aber das war nur eine Gaudi, das wusste doch Kathi auch. Und Eva musste das ebenfalls merken, dass es nicht ernst war, dazu hatte er sie doch viel zu gerne. „Ich muss dich unbedingt sprechen, nachher."

Hatte er der Kathi zu tief in den Ausschnitt geschaut? Wenn das nur gut ging.

Von der Siegerehrung bekam Max nichts mehr mit, der Heiner, auch ein alter Schafkopffreund, hatte anscheinend nach Rindl und Bär den dritten Platz gemacht. Natürlich. Der hatte so lange Haxen, dass er beim Laufen alle seine Schießfehler wieder gut machen konnte.

Was wohl die Kathi wollte? Das Essen, von Andi dem Wirt selber zubereitet, wurde von allen Gästen in den höchsten Tönen gelobt, besonders die mit Kren und Schinken gefüllten Schachtenschnitzel. Max hatte sein Krenfleisch, seinen Tafelspitz, auf den er eigentlich sonst so scharf war, mehr automatisch verdrückt.

Bei aller Liebe zur Kathi! Die musste doch wissen, dass er ein wahrer Freund war vom Emil und dass er seine Eva über alles liebte…!

Nach dem Essen, das auch die Musikanten genossen hatten, begannen sie zu spielen, in einer Besetzung, wie sie Max in seinen Kindheitstagen manchmal so ähnlich erlebt hatte, und sie spielten so schwung- und kunstvoll, dass Max jeweils für einige Augenblick sein Problem vergessen konnte.

Die Kapelle bestand aus zwei Geigern, die wunderbar miteinander harmonierten, zwei ebenso guten Blechbläsern, die sich in den Melodien häufig mit den Violinen abwechselten, ihnen Echo gaben, dann aber wieder die Führung übernahmen, aus einem virtuosen Akkordeonspieler, Max glaubte, er habe noch selten so einen perfekten gehört, einen, der sich auch unterordnete, dessen Läufe den kräftigen Melodieinstrumenten entgegenkamen, sie untermalten, der dann auch einmal wunderbar dominierte, um sich in der nächsten Sekunde wieder zurückzuhalten, einem ähnlich virtuosen Kontrabassspieler, der scheinbar mühelos selbst die schwierigsten Passagen bewältigte und dem Chef der Gruppe, der mit seiner Harfe manchmal furios, dann aber auch wieder zurückhaltend und äußerst einfühlsam begleitete. Die Burschen waren alle ganz jung, alle aus der Gegend und alle offenbar hervorragend ausgebildet.

„Was der Bayerwald so hervorbringt", ging es Max durch den Kopf „und was Musik so alles bewirken kann". Max hatte nämlich beobachtet, dass auch Eva schon kräftig mit Füßen und Oberkörper mitwippte. Wenn er jetzt noch mit seiner Frau tanzte, würde er viele Punkte sammeln können.

„Magst tanzen?“

Eva machte ein überraschtes Gesicht. „Da fragst du noch“, rief sie, während sie schon auf die Tanzfläche sprang.

Die böhmische Polka, die „Äff-tam-tam“ als nächstes Stück spielten, meisterte Max mit Bravour. Obwohl er nicht gerne tanzte, tanzte er gut, mit viel Gefühl für den Takt, aber auch mit viel Schwung.

Als weiteres Stück kündigte der Kapellmeister einen Zwiefachen an.

„Zwiefache sind eine Spezialität der Niederbayern, besonders der Waldler“, erklärte Max seiner Eva hastig und ein wenig außer Atem. Keine Kondition mehr!

„Beim Zwiefachen mischen sich Dreiviertel- und Zweiviertel- oder Viervierteltakt. Manche sind so vertrackt, dass man höllisch aufpassen muss, traust dir?“

Die Musik hatte inzwischen begonnen und Max konnte die Antwort akustisch nicht mehr verstehen. Die körperliche Antwort aber war eindeutig. Eva schmiegte sich an Max und sie tanzte den Zwiefachen, der keiner der einfachen war, als ob sie nie etwas anderes getanzt hätte.

„Kruminale“, entfuhr es dem überraschten Max und er tanzte mit Eva, wie er noch niemals mit ihr getanzt hatte und die beiden wirbelten über die Tanzfläche, dass es eine wahre Freude war, und die Kapelle spielte immer schneller, so dass Max am Ende des Zwiefachen völlig außer Atem, nach Luft ringend dastand. Er schaffte es gerade noch, Eva zu ihrem Tisch zu begleiten, einen kräftigen Zug von seinem Bier zu nehmen und Eva zuzujapsen, dass er sofort an die frische Luft müsse. Erst noch auf´s Klo und dann raus.

Als Max den etwas finsteren Gang zurückging, der von den Toiletten in die Gaststube, den Saal und auch ins Freie führte, sah er, wie ihm jemand den Weg versperrte.

Kathi, die Förstersgattin. „Frag nicht", flüsterte sie ihm zu, „frag nicht und komm mit, die anderen müssen´s nicht mitbekommen." Kathi drängte Max eine finstere Treppe hinauf, die offensichtlich zu den Fremdenzimmern führte. Warum hatten die hier keine Bewegungsmelder wie in anderen Hotels auch?

Max suchte nach einem Ausweg. Natürlich wusste er, dass er trotz seines Alters bei den Frauen gut ankam. Vielleicht besser als früher sogar. Aber so etwas ging nicht! Die Kathi musste es doch auch wissen. Was sollte er tun? Um Hilfe schreien und die Kathi damit kompromittieren und sich selber lächerlich machen? Sollte er die Frau Bär die Treppe hinunterstoßen? Wie würde sie reagieren? Max fiel die Geschichte vom Joseph im Alten Testament ein. Wie hatte das Weib geheißen, das ihn verführen wollte? So ein Blödsinn. Ausgerechnet in solchen Momenten fiel Max immer so ein Krampf ein.

Dabei spürte Max schon den Atem von Kathi in seinem Rücken.

Ein kühler Atem, kein heißer… . Ungewöhnlich.

„Max, ich brauch dich unbedingt."

„Kathi, aber… ."

„Hier kann ich nicht richtig reden, es muss schnell gehen, keiner darf was wissen, nicht mal der Emil, der würde sich sonst fürchterlich aufregen."

„ Das darfst du glauben, Kathi, aber warum sollen wir´s dann tun?"

Jetzt war es an Kathi, verdutzt zu schauen.

„Was sollen wir tun? Sag schon, Max, was?"

„Naja, was denn schon? Aber weißt, Kathi, ich mag eigentlich nicht, kann nicht, will nicht!"

Jetzt endlich war bei Kathi das Zehnerl gefallen.

„Ihr Männer, was ihr euch alles einbildet und je älter ihr werdet, desto größer wird, scheint´s, die Einbildung."

Auch Max hatte nun kapiert, was Kathi nicht wollte. Und er war ihr nicht böse, obwohl er schon wegen ihrer Wortwahl etwas eingeschnappt hätte sein können. „Je älter ihr werdet… ."

Aber Max hatte noch nicht kapiert… .

„Was willst du dann von mir, warum stehen wir hier im Finstern auf der Treppe?"

„Ganz schnell, Max ich brauche deine Hilfe und Emil darf nichts davon erfahren, er wird es früh genug aufgehen, wenn es dir nicht gelingt, etwas zu tun. Ich erzähl dir geschwind, was los ist. Also, der Fritzi ist der Bub von meiner Schwester… ."

Kaum hatte Kathi zu erzählen begonnen, da hörten die beiden, wie auf dem Gang oberhalb der Treppe eine Tür zugeschlagen wurde und sich Schritte näherten.

„Da kommt wer, ach ist das peinlich, sieht gerade so aus als ob…komm, wir gehen wieder rein in die Gaststube. Hast du in den nächsten Tagen Zeit, können wir uns irgendwo treffen, ganz harmlos und dann erzähl ich dir die Geschichte, eine Geschichte, die mich seit Tagen nicht mehr schlafen lässt. Ich ruf dich morgen an.“

Selbst in der Dunkelheit konnte Max die Tränen sehen, die Kathi in ihren Augen hatte.

Kathi erzählt

Max war erleichtert, dass hinter dem Verhalten von Kathi nicht die Absicht stand, die er anfangs vermutet hatte, und so stand einer würdigen Feier nichts mehr im Wege. Max und Eva hatten noch so heftig ihr Tanzbein geschwungen, dass Max jedes Mal völlig außer Atem abbrechen musste. Später am Abend war dann der Tischler Pepperl zu der Gesellschaft und vor allem zu den „Äff-tam-tam Musikanten" gestoßen. Der Pepperl war ein Lehrerkollege von Eva, sie mochte ihn, trotz oder vielleicht gerade wegen seiner immer direkten, manchmal sogar etwas groben Art, hinter der sich aber ein sehr sensibler Kern verbarg.

Fünf von den sechs Äff-tam-tamern hatten bei ihm am Gymnasium Musikunterricht genossen, sich von dem Musiklehreroriginal als „Zempfen" und alles Mögliche andere beschimpfen lassen müssen, sie hatten von ihm aber auch die bestmögliche musikalische Ausbildung bekommen.

Mit dem Pepperl, so hatte Max sich vorgenommen, wollte er einmal eine Langlaufskitour nach Prášily in Böhmen, dem früheren Stubenbach unternehmen. Pepperls Vater stammte von dort, er war ein böhmischer Musikant der alten Sorte gewesen und hatte seinen Söhnen eine ganze Sammlung böhmischer Melodien ins Herz gepflanzt. Max hatte einige davon hören dürfen und war begeistert gewesen.

Jetzt hatte der Pepperl oder vielmehr seine Geige die Regie übernommen und die Geburtstagsgäste mussten mit, ob sie wollten oder nicht. Besonders wollte der Emil, der musikalische Förster. Ein Lied nach dem anderen wünschte er sich – nein, forderte er. „Pepperl, kannst des aa?“

Natürlich konnte Pepperl, und so sangen die beiden, begleitet von Pepperls Geige, den Musikanten und einem vielstimmigen Geburtstagschor eine Stunde lang böhmische und bayerische Lieder, unterbrochen lediglich von einem sehr speziellen, wunderbar melodischen Trinklied, das der Pepperl jede Viertelstunde intonierte.

„Vergesset auch das Trinken nicht“, hieß es und die Geburtstagsgäste, besonders die männlichen hielten sich so sehr an diese Aufforderung, dass Martina, die vorausschauende Bedienung, schon immer zur Theke eilte und einschenken ließ, wenn der Pepperl dieses Lied sang.

Jetzt aber war die Geburtstagsfeier schon ein Teil der Erinnerungen von Max, es war Sonntag, der Tag danach und das Telefon klingelte.

„Kruminale, wer ruft denn heute schon in aller Herrgottsfrühe an“, grummelte Max. Ein Blick auf seinen Wecker ließ ihn aber verstummen: „Was, schon halb zehn?“ Halb zehn war für Max, den Frühaufsteher schon fast Mittagszeit.

„Ah, du bist es, Kathi. Eine schöne Feier gestern, seid´s noch gut heimgekommen?“

Max konnte sich nicht mehr recht erinnern, wie Eva und er heimgekommen waren. Eva war gefahren und auf der Heimfahrt hatte, kaum dass sie von Buchenau aus in den Wald gekommen waren, ein ganzes

Hirschrudel vor ihnen die Straße gequert. Zum Glück war Eva so vorsichtig gefahren, dass sie noch bremsen konnte. Für den restlichen Fahrtweg war die an so etwas nicht gewöhnte Großstadtpflanze Eva aus dem Kopfschütteln nicht mehr herausgekommen. Max hatte der Vorfall nur ein kurzes „Kruminale" entlockt, dann war er eingeschlafen.

„Ja, Kathi, heut geht´s nicht mehr, aber morgen ging´s den ganzen Tag, sag an. Gut, morgen Vormittag um halb zehn im Café Guglhupf."

Der Ort war gut gewählt: Das Café Guglhupf in der Angerstraße hatte nicht nur ausgezeichnete Kuchen, sondern war um diese frühe Zeit sicher auch nicht besonders frequentiert, so dass sie sich unterhalten konnten, ohne aufpassen zu müssen.

„Wer war´s?"

Auch Eva war inzwischen aufgewacht.

„Die Bär Kathi braucht eine kriminalistische Beratung, mehr weiß ich selber nicht. Morgen Vormittag im Guglhupf."

„Aha, der Inspektor hält Sprechstunde", war die etwas hämische Antwort von Eva. „Hoffentlich hat deine Klientin nicht wieder das Dirndl von gestern an, dann kriegst du nämlich wenig mit von dem Fall, höchstens einen Ausschnitt. Mit zwei Tatverdächtigen."

Dass die Eva ihm so unrecht tun und dabei so sarkastisch sein konnte! Max war eingeschnappt.

„Geh zu", versuchte Eva einzulenken, die gemerkt hatte, dass sie einen kleinen Schritt zu weit gegangen war, „pack unsere Langlaufski zusammen, ich pack eine Brotzeit ein und wir gehen anstelle des Mittagessens zum Langlaufen.“

Während er die Ski im Auto verstaute, hatte Max den kleinen Disput schon vergessen.

Das Langlaufen war wunderbar, aber für Max auch anstrengend gewesen.

Die Kaisersteigloipe hinter Rabenstein war ganz frisch gespurt, jetzt, am späten Sonntagvormittag kamen ihnen zwar einige Leute entgegen, die offenbar bis zum Mittagessen daheim sein wollten. Auf die Strecke machte sich um diese Zeit keiner außer ihnen.

„Gehen wir zum Hennenkobel hoch?“, fragte Eva, als sie starteten. „Ausgemacht“, war die Antwort vom Max. Seit seinen Abenteuern mit dem „Schatz“ der Elise Abele im vorigen Herbst war der Hennenkobel für Max Esterl so etwas wie ein Schicksalsberg geworden. Um gut 7000 Meter niedriger zwar als der Nanga Parbat, aber wenn man oft genug hinaufstieg… .

Auch Eva fand Gefallen am Rabensteiner Hausberg, den man nach Feierabend noch schnell mal bezwingen und auf dem man nach Herzenslust herumklettern konnte. Felsen gab es genug am Hennenkobel und Wege hinauf gab es auch viele. Für jeden Tag in der Woche einen anderen.

Heute stapften sie zuerst ein Stück ohne Loipe am Mühlbach hinan. Sie mussten durch den etwa einen halben Meter tiefen Schnee spuren, aber die Mühen wurden belohnt durch die Blicke auf den Mühlbach, der ihnen entgegenfloss, ja –stürzte.

Die Kälte der letzten Tage hatte den Bach verzaubert, hatte die Gischt des Wassers zu Eis erstarren lassen, hatte ganze Kaskaden aus Eis gebildet, unter denen das Wasser glucksend seinen Weg finden musste. An einer Stelle hatten meterlange Eiszapfen eine riesige Zahnreihe geformt, sie glitzerten in den wenigen Sonnenstrahlen die der Wald durchließ, dass es einem fast wehtat in den Augen. Immer wieder blieb Max stehen um zu schauen.

Um ganz ehrlich zu sein:

Max blieb auch öfter stehen, weil er Konditionsprobleme hatte. Das Spuren im Tiefschnee machte ihm mehr zu schaffen als ihm lieb war. Um seine Schwierigkeiten vor Eva zu vertuschen, schützte Max noch mehr an Begeisterung für die Wunder der Natur vor, als er eh schon empfand. Wenn er ausgeschnauft hatte, markierte Max wieder den Unternehmungslustigen: „Geh weiter, pack ma´s wieder! Aber vorher muss ich dir noch genauer erzählen, was gestern war bei der Feier, du hast das gar nicht mitbekommen und deine Reaktion nach dem Telefongespräch heute Morgen, die hat mich nachdenklich gemacht.“

Jede Pausenverlängerung brachte Atemverlängerung. So hatten sie es auch mit ihrem Sportlehrer am Gymnasium damals getrieben. So dumm konnte eine Frage gar nicht sein, dass der nicht sofort drauf angesprungen war.

Max informierte Eva über die kurze Unterredung mit Kathi. „Näheres will sie mir morgen im Café Guglhupf sagen.“

Ohne eine Antwort von Eva abzuwarten, setzte Max die Wanderung fort.

Bald erreichten die beiden zum Glück die Loipe und die nächste Viertelstunde ging es bequemer und flotter voran. Keine Menschenseele begegnete ihnen mehr bis zu der Stelle, an der sie die Loipe wieder verlassen mussten und, an einem gläsernen Kreuzweg entlang, noch eine weitere Viertelstunde bis zum Gipfel hatten. Hier hatten schon Schneeschuhwanderer ihre Spuren hinterlassen. Das machte es leichter.

Der Gipfel belohnte das Paar mit einem herrlichen Blick, der von Zwiesel über den Klosterort Rinchnach hin zu den Vorwaldbergen mit dem markanten Brotjacklriegl reichte, hinter dem sich im Flirren der winterlichen Mittagssonne majestätisch der Dachstein erhob, dessen Gletscher man deutlich erkennen konnte. Rechts davon, ganz charakteristisch und nicht weniger imposant grüßte der Watzmann herüber zum Bayerwald. Die ganze östliche Alpenkette breitete sich vor Eva und Max aus.

Wortlos fassten sich die beiden an den Händen und erst als sie sich satt gesehen hatten, machten sie sich daran, auch körperlich satt zu werden und sprachen der mitgebrachten Brotzeit tüchtig zu. Das heißt, Max hatte, nach der gestrigen Feier, noch nicht den ganz großen Appetit. Vielleicht lag es auch daran, dass er doch ziemlich erschöpft war und wiederum Schmerzen in seiner Schulter verspürte.

Eva warf ihm ohne dass er es merkte einen kritischen Blick zu.

***

Als Max am Montag kurz vor zehn die Bäckerei Keilhofer betrat, in deren Obergeschoß das Café Guglhupf lag, empfing ihn der Chef persönlich, der hinter dem Verkaufstresen stand. Max kannte ihn noch von seiner früheren Zeit in Zwiesel und die beiden plauderten, so oft sie sich sahen. Diesmal machte der Bäcker ein wissendes Gesicht.

„Sie is scho oben", raunte er dem Max mit Verschwörermiene zu und deutete mit dem Kopf auf die Treppe. Max nahm immer zwei Stufen auf einmal und war dadurch so außer Atem, dass er zur Begrüßung der Kathi, die am Tisch ganz hinten saß, erst zweimal Luft holen musste. Kruminale, so ging das wirklich nicht weiter. Eva hatte Recht, er musste abnehmen.

Kaum hatte sich Max gesetzt, da kam auch schon die Bäckereiverkäuferin, die hier in den ruhigeren Zeiten auch als Bedienung fungierte.

Als sie nach den Wünschen ihrer Gäste fragte, hörte Max sich sagen: „Habt´s eine Walnusssahne?" und „wunderbar, dann krieg ich ein Stück davon." Kaum hatten diese Sätze seinen Mund verlassen, da reute den übergewichtigen Ex-Kommissar die Bestellung schon. Was war er doch für ein Trottel! Jetzt, kurz vor dem Mittagessen!

Gleich darauf allerdings nahm ein anderes Thema den Max gefangen. Kathi hatte noch gewartet, bis die Verkäuferbedienung ihre Bestellung serviert hatte und begann dann.

„Weißt du, Max, mir ist es peinlich, vor dir und überhaupt, aber ich weiß mir einfach keinen anderen Rat. Und der Emil darf es nicht erfahren. Wer weiß, wie der reagieren würde."

Und Kathi erzählte, von Max kaum unterbrochen, eine Viertelstunde lang. Von ihrer Schwester, die in Zwiesel „unten" verheiratet war und zwei Kinder hatte. Der Fritzi, ihr Patenkind schien der Ältere von beiden zu sein. Er hatte seine Ausbildung geschmissen und war in den letzten Monaten offenbar in die falschen Kreise geraten. Die Fanni dagegen besuchte das Gymnasium und machte keinerlei Probleme.

Als Max hörte, dass der Familienname der beiden Fuchs lautete, begann er zu lachen: „Fritzi und Fanni Fuchs, na, die Eltern haben Humor." Kathi wollte da gar nicht mitlachen. „Unserer heißt Hubert. Berti Bär nennen ihn seine Freunde." „Auch nicht schlecht", war die Antwort von Max, der den Hubert schon bei der Geburtstagsfeier kennen gelernt hatte. „Aber zum Thema zurück!"

„Der Fritzi", fuhr Kathi fort, „ist kein schlechter Bursch, aber die machen ihn kaputt. Neue Freunde hat er sich gesucht. Wir kennen sie nicht. Einen hat er mal dabei gehabt. Der ist uns gleich etwas komisch vorgekommen. Was sind das für Freunde, woher kommen sie, wenn wir das nur wüssten, Max, aber, er redet ja nicht mehr, der Bub."

Tagelang sei er nicht heimgekommen, er sei immer seltsamer geworden, sei nicht ansprechbar gewesen, habe auch schon geklaut.

„Der Vater fehlt ihm halt. Aber der hat sich verdrückt, hat meine Schwester sitzen lassen. Die war überfordert, hat dem Fritzi alles durchgehen lassen. Und jetzt! Jetzt ist er endgültig weg. Frieda macht sich solche Sorgen."

„Und jetzt braucht´s ihr Hilfe, aber was soll ich da tun, da gibt´s doch das Jugendamt oder andere Möglichkeiten."

„So jung ist er nimmer, der Fritzi, außerdem haben wir alles schon probiert. Und seit einigen Wochen ist der Fritzi, er ist ja volljährig, nur noch in Böhmisch Eisenstein, in Železná Ruda, er meldet sich kaum noch, seit zwei Wochen haben wir gar nichts mehr von ihm gehört.

Meine Schwester, die Frieda, ist überzeugt davon, dass es seitdem mit dem Fritzi noch mehr abwärts gegangen ist."

„Frieda Fuchs, das passt genau", dachte Max, während Kathi fortfuhr: „Wir müssen etwas tun, bevor es zu spät ist, und darum brauchen wir dich. Was treibt er, mit wem verkehrt er? Die Frieda hat solche Angst um ihn. Hör dich um, schau dich um, frag deine alten Freunde von der Zwieseler Polizei. Du bist", Max zog die Augenbrauen hoch, „nein, du warst Kriminaler und du hast seit einiger Zeit auch so gute Verbindungen nach drüben."

„Ja, aber doch nicht zu diesem Milieu", wollte Max antworten, „meine Freunde dort sind brave Lehrer oder Handwerker aus dem Böhmerwald. Deren Drogen werden in Brauereien gefertigt nach jahrhundertealten

Rezepten und nicht in kleinen, geheimen Chemielaboren."

Max hatte in seiner aktiven Zeit schon mit zu vielen, zu ähnlichen Fällen zu tun gehabt, als dass er sich da Illusionen gemacht hätte. Wer weiß, wie tief der Fritzi da schon drinsteckte. Er war Kriminaler, kein Sozialarbeiter oder Therapeut. Und er wollte Kathi schon eine Absage erteilen, als er die Worte hörte: „Die einzige, von der ich erfahren habe, dass sie bei vielen krummen Sachen in Böhmisch Eisenstein irgendwie beteiligt ist, das ist die, die euch damals bei der Jagd nach dem Schatz entkommen ist, die geheimnisvolle Deutsche, die im Gewerbe von Železná Ruda ziemlich mitmischt, wie man hört."

„Sag das nochmal, Kathi, die ist da beteiligt?"

„Genau weiß ich es natürlich nicht, aber man hört immer wieder so was munkeln."

Das gab der Sache natürlich eine ganz andere Bedeutung. Max wurmte es immer noch, dass eine von den Drahtziehern damals abhauen konnte und man ihr nichts anhaben hatte können.

Sofort erwachte in Max das alte Jagdfieber und es war, als hätte die Kathi einen Hebel umgestellt.

Da musste Max etwas tun. Er wusste bloß noch nicht, was.

Die Unterhaltung der beiden wurde beendet, als die Seniorchefin des Hauses mit ihren Freundinnen, drei älteren aber noch sehr rüstigen und unternehmungslustigen Damen hereinkam, um bei einer Tasse Cappuccino das Wochenprogramm dieses

Seniorinnenquartetts zu besprechen. Sie kannte Max noch aus den Tagen, als er sich als Schulbub seine tägliche Pausebrezn bei ihr holte.

„Ja Maxl, was machst denn du heut bei uns?" Manchmal war´s, als ob die Zeit stehengeblieben wäre. „Und wer is denn die hübsche Dame, die du heut dabei hast? Schau, schau, der Maxl, immer noch der alte Schlawiner."

Wie gut, dachte der Max, dass ich Eva Bescheid gesagt habe von meinem Treffen mit Kathi. Anonymität und Kleinstadt, das ging nicht zusammen.

„Also, ich versprech dir, dass ich in der Sache etwas unternehmen werde."

Kaum hatte Max diese Worte gesprochen, reuten sie ihn auch schon wieder ein wenig.

„Du bist schließlich in Pension", sagte er zu sich.

Dieser Satz hätte ebenso gut von Eva stammen können.

Deren Reaktion, als er beim Mittagessen über das Hilfsansuchen von Kathi redete, überraschte den Max total. Wieder einmal verstand er seine Frau (vielleicht aber auch DIE Frauen) nicht.

„Da musst du helfen, Schatz!" – Wenn sie schon „Schatz" sagte! –

„Die Frieda Fuchs ist in einer völlig verzweifelten Lage." – Woher kannte Eva die Frau Fuchs? –

„Ich hab doch ihre Tochter, die Fanni im P-Seminar Deutsch, die ist eine ganz, ganz nette, die Fanni." – Aha. –

„Ich kann doch gar nichts tun.“

„Fahr nach Železná Ruda, peil die Lage dort, du hast doch so einen Riecher, frag deine tschechischen Freunde, den Jiří, den Kellner vom Pfefferbräustüberl, bist eh schon lang nimmer dort gewesen.“

Für Max waren das Himmelsklänge, ins Bräustüberl, solche Ermittlungen waren seine Spezialität, darin war er unschlagbar.

„Fahr nach Kašperské Hory zu deinem Freund dem Toni, der kennt doch auch viele Leute drüben, vielleicht kann dir der helfen.“

Die Aussichten für Max wurden immer besser. Mit Toni Ašnbrenr, den er bei seinem ersten Fall im Böhmerwald kennen- und sehr schätzen gelernt hatte und seinen Freunden eine Runde Mariasch zu spielen, dabei ein böhmisches Gulasch zu essen und einige Pilsener Urquell zu trinken, das war ein Spitzenvorschlag.

„Soll ich nicht auch noch ins Bordell nach Železná Ruda gehen und mich dort… hm… umhorchen?“

„Wenn´s nötig wird, ja“, ging Eva zu dessen totaler Überraschung sogar auf diesen, von Max selber nicht ganz ernst gemeinten Vorschlag ein. Die Familie Fuchs musste bei ihr einen gewaltigen Stein im Brett haben!

„Aber nur horchen!!“

Max hätte gern gewusst, was Eva geantwortet hätte, wenn er statt „umhorchen“ das Wort „umschauen“ gewählt hätte.

Max schaufelte noch eine kräftige Portion des Mittagessens auf seinen Teller. Als er alles verdrückt hatte, entfuhr ihm der Wunsch: „A Schnapserl wär jetzt nicht schlecht."

Eva schüttelte nur noch den Kopf.

Max ermittelt im Bordell

Um mit dem Kellner Jiří vom Pfefferbräustüberl in Ruhe sprechen zu können, musste Max die richtige Tageszeit wählen. Gleich am nächsten Tag, dem Mittwoch, machte er sich auf den Weg durch die noch immer durch hohe Schneehaufen verengten oder gar versperrten Gehwege seiner Heimatstadt. Manchmal musste er sogar auf die Straße ausweichen, weil einige der Anwohner ihre Räumpflicht nicht recht ernst genommen hatten oder gerade dabei waren, ihren Gehsteig (in Max´ Jugendzeit hatte man noch Trottoir dazu gesagt) zu säubern. Viele der Schneeräumer arbeiteten mit Schneefräsen, anscheinend wollten sich die Nachbarn gegenseitig übertrumpfen, was die PS-Zahl und die Schleuderleistung ihrer Geräte anbelangte.

Zweimal entging Max knapp durch schnelle Seitensprünge den grauweißen Schneelawinen, die aus roten Fräsenrohren geschossen kamen. Den offenbar überforderten Fräsern war das nicht einmal eine Entschuldigung wert, dachte Max, sie waren zu sehr damit beschäftigt ihre Ungetüme zu bändigen.

Den Schnee frästen die meisten auf die Straße hinaus, von dort beförderten ihn die städtischen Räumdienste wieder auf die Gehsteige. So hatten beide ganz schön zu tun, die Hausbesitzer wie die Stadt. Max räumte noch „händisch". Manchmal glaubte er zu sehen, wie sein Nachbar ihn belächelte.

Max ertappte sich dabei, dass er, in Gedanken versunken, fast am Bräustüberl vorbeigegangen wäre. Schnell schloss der Ex-Kriminaler die Wirtshaustür hinter sich, damit nicht zu viel von der kalten Luft ins Innere drang. Max war sparsam erzogen worden. „Mach die Tür zu!“, hatte es den ganzen Winter geheißen. „Es geht kalt rein.“

Nachdem sich seine Augen an das Dämmerlicht der alten, mit dunklem Holz getäfelten Wirtsstube gewöhnt hatten, erkannte Max, dass nur ein Gast, ein älterer Herr, zu so früher Stunde anwesend war. Er saß am Stammtisch vor einer Halben Weißbier und las Zeitung.

Max wusste, dass der Alte fast taub war. So konnte er offen mit Jiří reden, der hinter der Theke stand und gelangweilt Gläser wusch.

„Ahoj, Jiří, jak se máš?“, holte Max seine VHS - Tschechischkenntnisse heraus. „Wie geht´s?“

„Habe die Ehre, Max“, machte der Kellner das Spiel mit. „Leichtes Weißbier?“, erkundigte er sich nach den Wünschen des Gastes.

„Leichtes Weißbier und eine Auskunft bräucht ich, wieder mal.“ In seinem vorigen „Fall“ hatte Jiří dem Max schwer beigestanden.

„Weißt ja, Max, Auskunft jederzeit, Hilfe auch, aber nur, wenn nicht Arbeit.“

„Sakra práce – Scheißarbeit!“, warf Max ein und erntete ein Lachen des Kellners.

„Setz dich, Max, ich bring Weißbier und dann schmatzma.“

Manchmal redete der Jiří genauso perfekt Bairisch wie die Einheimischen.

Es stellte sich heraus, dass der Kellner die Verhältnisse in Böhmisch Eisenstein zwar einigermaßen kannte, Insider aber war er keiner.

„Crystal, das Teufelszeug kriegst an jeder Ecke dort, musst nur wissen wo, bei Vietnamesenmarkt, in Lokale. LuLu Bar „Rotes Herz" weiß ich nicht", bekam Max als Antwort auf seine Frage, ob auch das Bordell seiner Schatzräuberin als Umschlageplatz diene.

„Am besten ist, wenn du selber nachfragen tust, Max. Nimm dir aber einen mit. Zwei ist dort besser, sowieso. Und, Max, nimm einen Jüngeren mit. Dir glaubt man nicht, wenn fragst nach Crystal."

Als er das ungläubige Gesicht vom Max sah, schob Jiří noch einen nach: „Bist schon zu alt, zu dicke Bauch, Max. Dir glaubt man nicht Crystal. Dir glaubt man Weißbier. Vielleicht auch Bordell. Crystal nicht."

Sauber, dass er jetzt so diskriminiert wurde. „Kruminale! Zu dicke Bauch", äffte Max nach, „mir glaubt man nicht Crystal?"

„Is so, Max. Mein´s nur gut."

Jiří hatte auch einen Begleiter für Max gewusst, einen jungen Mann, etwa 25, den sie „Bubi" nannten. Den kannte Max: Bräustüberlstammgast, groß, blond, verwegener Blick, bloß ein bisschen leichtsinnig, schien es dem Kriminaler. Ihn hatte Max einmal beim Eisstockschießen erlebt, auch einem der Hobbies, die Max nach seinem Herzug in den Bayerwald wieder aufgenommen hatte. Sagen ließ sich der nichts, auch das hatte er beim Eisschießen gesehen: Die Taktik, die der „Moar", sein Mannschaftschef, ihm angesagt hatte, war dem

Bubi wurscht gewesen, er machte sein eigenes Ding. Und als er dadurch ein todsicheres Spiel vermasselt hatte, hatte er seinen Eisstock in den Wald neben der Eisbahn geworfen und war abgehauen ohne noch ein Wort zu sagen.

Als Max ihm diese Geschichte erzählte, meinte Jiří: „Ja, is gachzornig, aber is nicht zwider und kann Leute gut ausfragen. Und is spitz auf Weiber. Spitz wie Hund."

„Ja, Jiří, spitz wie Nachbars Lumpi sagen wir da. Was ich da höre, klingt nicht gerade vertrauenerweckend."

„No, Vrtrauen kannst schon haben in Bubi. Is zuvrlässig jedn Tag in Stüberl und zahlt Zeche, wenn heimgeht."

Damit waren Jiřís Bewerbungskriterien voll erfüllt.

„Und, Max..."

„Ja?"

„Wennst ihm dabei hast, fällst DU nicht auf."

Das war ein Argument, das ließ Max gelten.... .

***

Am Freitagabend war Max mit Bubi unterwegs nach Železná Ruda. Jiří, der den Bubi vorher ein wenig über seinen Auftrag („schaudium obsdwasfindst") informiert hatte, hatte Recht behalten, was den Auftritt des Burschen anbelangte.

Tatsächlich war der Hilfssheriff am Parkplatz vor dem Bräustüberl in einem Outfit angetreten, das sich ziemlich von den Winterstiefeln, den Jeans, dem unvermeidlichen karierten Hemd und dem leichten Anorak des Ex-Kommissars unterschied:

Spitze Schlangenlederschuhe (der Größe nach mussten zwei Anakondas ihr Leben dafür gelassen haben), gackerlgelbe Jeans, ein hellblau gestreiftes Trikot des TSV 1860 München und eine speckige, uralte Lederjacke. Seinen Kopf zierte ein Stetson, den der Großvater vom Bubi vermutlich dem John Wayne abgekauft hatte.

„Habedere, Kriminaler", nuschelte Bubi in Richtung Max. „Bleibt´s dabei? An Fuchzger für d´Zech und oan für´s Separee. Woast scho. Da geht ma am mehran aaf."

Max wusste, dass in den Separees dieser Welt die größten Geheimnisse ausgeplaudert wurden. Und: Es war immer richtig, die Spielregeln vorher festzulegen. Wenn sich der Bubi aber so an die Spielregeln hielt, wie damals beim Eisstockschießen, dann Gute Nacht! Kruminale!

Aber noch war es nicht so weit. Auf der fast halbstündigen Fahrt durch den tief verschneiten abendlichen Winterwald instruierte der Max seinen Hilfssheriff ein wenig. Dass er sich allgemein umhorchen solle, aber unauffällig, dass er nach dem Fritzi fragen solle, der ein Bekannter von ihm sei, aber unauffällig, dass er Crystal erwähnen solle, aber unauffällig.

„Eh klar, Boss, ois unauffällig", kam Bubis Erwiderung, „unauffällig, des is mei Spezialität!"

„So schaust aus", dachte Max bei sich. Dann fuhr er schweigend weiter und konzentrierte sich auf die Straße, weil er den Verdacht hatte, dass es hier von Regenhütte bis Eisenstein etwas glatt sein könnte.

Bubi wusste den Weg zur Bar, sie hielten auf dem vom hier, im Eisensteiner Hochtal, fast schon meterhohen Schnee gut geräumten Parkplatz, 100 Euro wechselten ihren Besitzer, die beiden stiegen aus, ordneten ihre Kleidung und betraten die Bar, die sich ihnen schon von weitem her mit rosarot blinkenden Neonlichtern angekündigt hatte.

„Das rote Herz. LuLu-Bar" blinkerte da verheißungsvoll durch die Böhmerwald-Winternacht. „Wirbelige Badewanne". Der Englischlehrer Karl Klostermann hätte sich wegen so einer Übersetzung des Wortes „Whirlpool" wohl im Grabe umgedreht. Zum Glück war der große Böhmerwalddichter seit mehr als hundert Jahren tot. Das waren die sonderbaren letzten Gedanken des Max Esterl, bevor er mit Genehmigung, ja im Auftrag seiner Frau das Bordell betrat.

Max sah erst nicht viel, ein schummriges Dämmerlicht umfing ihn, überall sah Max rote Herzen. Blinkende, glitzernde, schimmernde rote Herzen. Bubi, der vor ihm reingegangen war, steuerte zielsicher auf eine Theke mit Barhockern zu, hinter der, wie Max jetzt erkennen konnte, eine ziemlich tief dekolletierte Perückenblondine mit Glitzerkleid auftauchte.

„Na, ihr beiden, habt ihr Wünsche?", begrüßte sie die Gäste in recht gutem Deutsch und mit einem sorgsam eingeübten Augenaufschlag. Der zeigte beim Bubi schon Wirkung: „Klar hamma Wünsche, Baby, erst trink ma was und dann zoagst uns wos, äh zeigst uns was."

Bubi war ein Mann von Welt und wusste, wie man so eine Unterhaltung führte, wie man sich im internationalen Milieu bewegte.

„Magst Champagner, Cheri“, flötete die Bardame dem Bubi zu. Als ob der Max überhaupt nicht vorhanden wäre. Sie musste doch wissen, die zahlungskräftigere Generation war die von Max, nicht die Bubigeneration. Wenn er Champagner trank, würde der Bubi auch nicht sehr weit kommen mit seinen 50 Euro.

„Bohemia-Sekt langt aa, aber den halbtrockenen bringst ma“. Der Mann von Welt wusste Bescheid.

„Für mich bitte ein Bier, Pivo. Habt ihr Pilsener Urquell?“

Sie hatten und die Bardame machte sich hinter dem Tresen zu schaffen, über dem eine Leuchtkette mit roten Herzen hing.

„Bohemia-Sekt und Pivo, bitte sähr, und wie sieht aus, chaben die Chärren sonst noch Wünsche?“ So, wie sie die H´s gutturalisierte schien die Dame aus den Gebieten östlich der Karpaten zu kommen.

„Gleich kommt Chäfin, dann bin ich frei fir Separee. Andere Mädels kommen etwas später, ist noch zu frih, cheite.“

„Dann schau nur, dass deine Chefin kommt, Schnackerl, damit ich mit dir ins Separee komm zum Schnacksln, i hoit´s scho nimma aus.“ Max war´s ein wenig peinlich, aber nicht zu sehr.

Beruflich war er ja einiges gewöhnt, aber: Wenn sich alle Deutschen hier so benahmen?

Egal, die Sache schien ganz nach Wunsch zu laufen, Max war gespannt auf die „Chefin“.

Damals, bei der Jagd nach dem Schatz hatte er sie nicht zu Gesicht bekommen, und dann war sie in der Sturmnacht abgetaucht, wie vom Erdboden verschluckt. Nichts hatte die Polizei ihr nachweisen können. Mit der hatte er noch eine Rechnung offen. Ob sie ihn erkennen würde? Max hatte nicht vor, gleich alle Karten auf den Tisch zu legen. Mal sehen, wie es lief. Ob sie wirklich so hübsch war, wie behauptet wurde?

Die Bardame hatte ihre Getränke fertig. „Prost, ihr beiden.“ Ungefragt hatte sie für sich selbst auch ein Glas Sekt halbvoll geschenkt. Da würde der Getränke - Fünfziger für Bubi nicht reichen, ging es Max durch den Kopf als er sah, wie gierig sein Helfer das Blubberwasser hinabstürzte. Dann musste halt das Sex – Budget gekürzt werden. Oder der Bubi aus seiner Privatschatulle drauflegen. Eine Haushaltsüberschreitung gab´s bei Max auf alle Fälle nicht.

Wenn er dran dachte, wie hart das Geld beim Kartenspielen verdient war.

Die Bardame kam um den Tresen herum und machte den Bubi mächtig an, Max wusste gar nicht mehr, wo er hinschauen sollte, aber: Es kam Rettung. Eine Hintertür, die Max bis dahin nicht aufgefallen war, öffnete sich.

„Da kommt Chäfin, wird sich kimmern um Alten“, gurrte die Bardame, die, wie Max fand, überhaupt keine Dame, sondern ein fürchterliches Weibsbild ohne Kinderstube war.

„Alten", hatte sie ihn tituliert. Kein Wunder, dass so eine wie die im Puff gelandet ist.

Max blieb aber keine Zeit sich lange zu ärgern, denn was er jetzt sah, ließ auch ihm, dem „Alten", den Puls schneller schlagen.

Eine Klassefrau stand vor ihm: Mittelgroß, super Figur, schwarze Haare, die ihr in einem Pagenschnitt leicht in die Stirn fielen, ebenmäßige Gesichtszüge, in denen jetzt ein schnippisches, fast lausbübisches Lächeln sich breit machte. Die, so war sich Max sicher, hätte auch in München in dieser Branche Karriere gemacht. Und unsympathisch schien sie auch nicht.

„Na, die zwei haben´s aber eilig". Die Frau sprach mit leicht bairischem Akzent. Das war SIE, musste sie sein. Max hatte gehört, dass sie aus Straubing stammen sollte.

„Und was wird jetzt mit uns?", wandte sie sich Max zu?

„Ich lad dich gern zu einem Bierchen ein, mehr ist nicht", antwortete der mit einem Lächeln, das, so hoffte er, souverän ausschauen sollte. „Leider!", hätte er am liebsten hinzugefügt. „Ich bin eigentlich nur da, weil ich auf ihn aufpassen soll."

Max deutete mit seinem Kopf in Richtung der Treppe, über die Bubi mit seiner „Eroberung" verschwunden war. Nur nicht mit der Tür ins Haus fallen. Zuviel Zeit durfte er sich allerdings auch nicht lassen. Wer weiß, wann weitere Gäste kamen.

„Bist du aus Zwiesel?", begann die Schöne das Gespräch, „du kommst mir irgendwie bekannt vor."

„Ich bin noch nicht lang da, war vorher in München, beruflich. Und du, du bist auch nicht direkt von hier?"

Die Schöne ließ ein helles Lachen erklingen. „Nein, das hörst ja, dass ich keine Tschechin bin. Mich hat´s hierher verschlagen, die Liebe, weißt. Aber ewig bleib ich nicht. Wenn ich ´s´Geld hätt, tät ich heut schon fort."

Max sah eine Chance, das Gespräch in die richtigen Bahnen zu lenken. Die Bardame war, inzwischen sehr leicht bekleidet, die Treppe heruntergekommen, hatte hinter der Theke herumgekruscht und hatte noch eine Flasche Bohemia-Sekt sowie zwei frische Gläser mit nach oben genommen. Jetzt oder nie.

„Ja, gibt es denn hier nicht genügend Möglichkeiten, Geld zu machen? Der Betrieb da, hab ich gehört, läuft ja gut." Die Schöne schaute etwas misstrauisch. „So, hast du gehört?"

„Ja, und dann hab ich gehört, gibt es auch noch andere Geschäftsmodelle."

„Und die wären? Kannst du mir das verraten?"

„Na, wenn ich zum Beispiel etwas anderes von dir möchte als Sex."

„Bist pervers? Stehst auf Kinder? Dann kannst gleich abhauen!" Der Zorn der Schönen schien echt und ließ sie in den Augen von Max noch schöner werden.

„Vorsicht, Max", warnte ihn seine innere Stimme, „lass dir nicht den Kopf verdrehen von dieser Sirene. Cool down!"

„Das mein ich nicht, aber wenn ich zum Beispiel ein bissl was zum Aufhellen bräucht, weil´s mir ganz schlecht geht, tät ich da a bissl was kriegen?"

„A bissl was kriegst immer bei uns, willst a bissl an Schnee? Zum Aufheitern?"

Jetzt war er auf der Spur. Weiter!

„Und wenn ich jetzt a bissl mehr bräucht, und auch einiges an Crystal, du weißt schon."

Der Gesichtsausdruck der Schönen änderte sich von einer Sekunde auf die andere:

„Du alter Aff, lass die Finger von diesem Zeug. Von mir kriegst auf alle Fälle nichts und wo du´s herkriegen könntest, sag ich dir auch nicht, damit will ich nichts, aber auch gar nichts zu tun haben. Eine Nase voll Koks kannst haben, wenn du dafür zahlst. Bist du einer von denen, die erst dann einen hoch kriegen? Dann nimm´s meinetwegen als Therapie. Aber Crystal. Nie. Nicht bei mir."

Max hatte während dieses Ausbruchs die Hände wie zur Abwehr von sich gestreckt. Damit hatte er nicht gerechnet. Er überlegte gerade wie er das Steuer wieder herumreißen und der Schönen klar machen konnte, dass…, da hörte er auf einmal ein Riesengeschrei aus dem ersten Stock. Erst verstand Max nicht, was die schrille Frauenstimme in ihrer Aufregung schrie, aber dann kam der Bubi halbnackt die Treppe herabgestürzt, die Arme schützend über seinem Kopf verschränkt, hinter ihm wie eine Furie die Bardame, die auf ihn einschlug und schrie:

„Du Schwein, was hast du gemacht, warum du spionieren, oder du klauen? Sag´s warum? Was du suchen in Schublade, was du suchen in Schrank, was du suchen unter Bett?“

Da hatte der Bubi seinen Suchauftrag wohl offenbar zu ernst genommen.

Aus den Augenwinkeln nahm Max wahr, dass in der Tür hinter dem Tresen zwei Pracklmannsbilder auftauchten, die den Lärm offenbar auch gehört hatten.

„Wenn die auftauchen, heißt es abtauchen“, sagte Max die Erfahrung, die er in vierzig Jahren als Polizist gesammelt hatte. Jetzt wurde es gefährlich. Der Bubi hatte anscheinend diese Erfahrung in seinem kurzen Leben auch schon gemacht, denn er rannte, seine Flasche Bohemia – Sekt noch in der Hand, zu Max hin und schrie ihm zu: „Haumarab, aber schnell!“

Max hatte seinen Zündschlüssel schon in der Hand und stürzte zur Tür, Bubi hatte einem der Verfolger die Sektflasche auf dem Kopf zertrümmert, was jedoch, außer einer stark blutenden Platzwunde, keine Wirkung bei dem Gorilla zeigte. Er stürzte sich auf Bubi, bekam ihn von hinten zu fassen und würgte ihn. Max bekam das aus den Augenwinkeln mit, machte kehrt und bohrte dem Gorilla seinen Zündschlüssel in den Handrücken, so dass dieser den Bubi mit einem fürchterlichen Aufschrei losließ. Die jetzt entstandene Verwirrung galt es zu nutzen. Max zog Bubi mit sich zur Tür hinaus, jetzt die Tür schließen und ab! Max spürte schon die wohltuende kalte Luft, dann jedoch sah er seitwärts die Schöne, wie sie gerade mit etwas ausholte, dann spürte er noch einen Schlag und dann gar nichts mehr.

Böses Erwachen

Max fror. Entsetzlich. Er zitterte am ganzen Körper. Die Bettdecke!

Als Max sie hochziehen wollte, merkte er, dass er sich nicht bewegen konnte. Alles um ihn herum war finster und voller Nebel, so sehr Max seine Augen auch anstrengte, er konnte kein richtiges Bild herbekommen. Dann wurden die Nebel dichter und dichter und Max war wieder weg. Bildstörung.

Das Nächste, was Max wahrnahm, waren Stimmen. Eine davon kam Max bekannt vor. Mühsam versuchte er die Augen zu öffnen. Es ging nicht. Aber hören konnte er.

Die Stimme seines alten Schulfreundes Ludwig. Der jetzt Vizepolizeichef in Zwiesel war. Das konnte nichts Gutes bedeuten.

„Ja da schau her, wen haben wir denn da? Geh mach a Foto von den beiden… . Ja, erst fotografieren, die leben ja noch, die eine Minute werden´s´ dann auch überstehen."

Das Blitzen des Fotapparats weckte Max endgültig. Er saß in seinem Auto auf dem Fahrersitz, konnte sich nicht rühren und hatte schreckliches Schädelweh.

Neben sich, auf dem Beifahrersitz saß auch einer.

„Oh Gott, der Bubi!" Bewusstlos, nackt, nur mit seiner Unterhose bekleidet. Auch gefesselt, wie Max selber. Mit Kabelbindern. Und sogar geknebelt. Sein Mund war mit einem Klebeband zugepflastert, unter das man vorher offensichtlich zwei, drei Präservative gestopft hatte. Diese Präservative hingen dem Bubi vom Kinn herunter wie ein Kuheuter. Wenn Max nicht so übel gewesen wäre, hätte er jetzt wohl lachen müssen.

„Der alte Depp hat´s wieder einmal nicht sein lassen können." Ludwig Rindl hatte schon mit seinen Beschimpfungen begonnen, während er und sein Kollege die beiden befreiten.

Bubi, dem der andere Polizist den Gummi aus dem Mund entfernt hatte, röchelte und machte sich daran, langsam zu sich zu kommen. Er fror jetzt wie ein Schneider und es warf und beutelte ihn so, dass sogar ihr Auto schaukelte.

„Geht in unseren VW-Bus", befahl der Ludwig, „so muss euch nicht unbedingt das ganze Dorf sehen."

Jetzt erst nahm Max die Umgebung wahr. Es war zum Glück noch ziemlich finster, früher Morgen offenbar, aber in einem Haus in der Nachbarschaft waren schon die Lichter an. Die beiden Gorillas hatten anscheinend Bubi und Max in Esterls Auto über die Grenze gebracht und mitten in Bayerisch Eisenstein auf dem Ortsplatz, direkt neben dem Sportgeschäft Raith stehen gelassen. Nicht auszudenken, wenn die Schulkinder oder irgendeine tratschsüchtige Hausfrau sie gefunden hätten. Oder der Besitzer oder der Seniorchef des Sporthauses, bei dem Max Esterl schon seit ewigen Zeiten seine Ski- und Langlaufausrüstungen kaufte.

Die Schlagzeilen im Bayerwaldboten konnte sich Max trotz seines miserablen Zustands ausmalen:

„EX-KOMMISSAR IM DROGENRAUSCH IN BORDELL ÜBERWÄLTIGT", oder so ähnlich. Max wurde richtig übel. Im Polizeibus war es zum Glück bacherlwarm, auch Bubi, der seine Kleider auf dem Hintersitz von Esterls Auto gefunden hatte, wurde schön langsam wieder munter. „Sogar mei Geld is no im Geidbeitl, nicht einmal den Fuchziger für´s Schnacksln hams mir abgezogen." Bubi hatte sich schnell mit seiner Situation abgefunden.

„Dann sollte ich dir vielleicht sogar dankbar sein, Ludwig", unternahm Max einen ersten Versuch, sich bei seinem Schulkameraden zu entschuldigen und gleichzeitig herauszukriegen, wie die Sache gelaufen war.

„Jetzt fahren wir zuerst nach Zwiesel, der Kollege mit deinem Wagen und dem Nackerten da", Ludwig deutete auf Bubi, der gerade im Begriff war sich immer noch zitternd anzuziehen. „Und du mit mir. Da gibt´s noch was zu klären zwischen uns."

Und ob es was zu klären gab. Ludwig fuhr ganz langsam durch die Dämmerung, trotzdem wurde die Strecke zwischen Eisenstein und Zwiesel viel zu kurz für all das, was der Ludwig mit dem Max klären musste.

Max, so musste er hören, hatte einen Riesendusel gehabt. Eine Nachbarin des Ortsplatzes hatte irgendwann um vier Uhr früh etwas gehört und als sie ans Fenster ging auch die Rücklichter eines Autos gesehen, das Richtung Grenze fuhr. Und den Wagen vom Max samt Inhalt. Aus dem Haus hatte sich die Arme nicht getraut, weil sie Angst hatte, in dem Fahrzeug zwei Tote zu finden. So hatte sie die Polizei in Zwiesel angerufen und dieser sogar das Kennzeichen des parkenden Autos durchgegeben. Das Riesenglück für Max war, dass Ludwig Rindl zufällig für einen erkrankten Kollegen Nachtdienst geschoben, die Autonummer vom Max erkannt und zum einen der beiden Streifenbeamten „du bleibst da, ich fahr mit" gesagt hatte.

„Ich hab dich da rausgehaut und werde dafür sorgen, dass von unsrer Seite her keiner davon Wind bekommt, deinen Mitwisser zum Schweigen zu bringen, das ist deine Sache, auch deiner Frau sag ich nix, aber eine Erklärung bist mir schon schuldig."

„Meiner Frau kannst du´s ruhig sagen, die weiß sowieso, was ich für ein Trottel bin", antwortete Max zerknirscht, „sogar dass ich im Puff war weiß sie."

Ludwig zog die Augenbrauen hoch. Er hatte, seit dem Fall mit dem „Schatz der Elise" größten Respekt vor der Eva.

„Ja, lass dir´s erklären."

Und Max erzählte die Geschichte, fast die ganze Geschichte vom Fritzi, vom Bubi und ihm und von ihrem Bordellbesuch. Ludwig zog mehrmals die Luft scharf zwischen den Zähnen ein. Als Max fertig war, sie waren inzwischen schon in Theresienthal, ziemlich nahe bei Zwiesel, fixierte ihn der Polizist ganz fest mit seinen Augen.

„Drei Sachen möchte ich dir sagen, Ex-Kommissar und wenn du so weiter machst auch Ex-Freund vom Ludwig Rindl, drei Sachen.

Erstens: Misch dich nie, nie mehr in Dinge, die dich nichts mehr angehen. Glaubst du, wir kennen den Fritzi nicht? Den haben wir schon lange auf unserem Radar, bis jetzt sind es nur Kleinigkeiten, aber der ist gerade dabei, sich sein Grab zu schaufeln. Das Crystal ist das gefährlichste Zeug mit dem wir es je zu tun hatten.

Ich könnte dir jetzt einen Vortrag darüber halten, aber den spar ich mir.

Lies stattdessen morgen, nein heute früh den Bayerwaldboten. Da ist ein großer Artikel drin über diese Droge. Ich hab ihn grad im Internet gelesen, als du dazwischen gekommen bist. Schlaf dich aber erst aus, du schaust aus wie geschpieben!

Zweitens, Max: Du hast Glück, unglaubliches Glück gehabt. Ich weiß nicht, was für einen Fürsprecher du hattest, dass man euch so leicht davonkommen ließ. Das sollte eine Warnung sein. Man wollte euch wehtun und blamieren. Darum hat man euch so auf´s Präsentiertablett gestellt. Ein zweites Mal wird´s nicht so glimpflich enden, da kannst Gift drauf nehmen, meinetwegen auch Crystal. Lass die Finger von solchen Dingen!"

Max glaubte schön langsam zu wissen, welche Fürsprecherin er wohl gehabt hatte.

„Und drittens", riss Ludwig seinen Noch-Freund aus dessen Gedanken, „kannst du auf den Falkenstein pilgern und in der Kapelle dort eine Kerze anzünden, oder noch besser du fährst zur Kirchweih an Maria Himmelfahrt zur Hauswaldkapelle in Rehberg, lies nach bei

Karl Klostermann und stifte dort eine Kerze und tausend Kronen."

Max wusste zwar, dass der Ludwig seine Wurzeln im Böhmerwald hatte, dass er aber den von Max so bewunderten Böhmerwalddichter Karl Klostermann offenbar gut kannte, das wusste Max nicht. Auch nicht, dass Ludwig plötzlich ein großer Marienverehrer geworden wäre.

Das waren Töne, die Max bei Ludwig noch gar nicht gehört hatte. Wurde der jetzt auch schon alt und sentimental?

Max musste Eva fragen. Hauswaldkapelle, Rehberg, Klostermann.

Vorher aber musste Max noch was anderes erledigen. Gleich als sie die Polizeistation in Zwiesel betraten, bat Max den Ludwig: „Ich, ich muss bieseln, ganz dringend."

Die Spannung war von Max abgefallen und er merkte, dass seine Blase zum Zerreißen gefüllt war. Außerdem spürte er irgendetwas in seiner Unterhose, was da nicht hingehörte. Etwas kratzte schon seit einiger Zeit direkt hinterm Hosentürl.

„Ich weiß, wo es ist." Ludwig hatte Max den Weg erklären wollen, aber Max kannte sich noch aus. Hier hatte er vor vierzig Jahren Dienst geschoben und nichts hatte sich verändert seitdem.

Bevor Max sich erleichterte, der Strahl schien dann gar kein Ende nehmen zu wollen, nestelte er mit einer Hand in seiner Unterhose und beförderte etwas hervor, das ihm seine Gegner anscheinend in der Zeit seiner

Bewusstlosigkeit in den Hosenschlitz gesteckt hatten. Einen Briefumschlag, der sogar an ihn adressiert war: „Ex-Kriminaler Max Esterl, jetzt Zwiesel, wenn er so weitermacht Friedhof“ stand dort mit schwungvollen, fraulichen Schriftzügen.

Die Schöne. „Kruminale!“

Max hatte keine Zeit, den Brief aufzumachen und zu lesen, das musste warten, bis er daheim war. Er verstaute das Couvert in seiner Gesäßtasche und ging zurück in das Büro von Ludwig, der schon ein kleines Protokoll vorbereitet hatte. Ein wenig aktenkundig würde der Fall schon werden.

„Und die Fotos behalt ich mir, um dich einmal zu erpressen“, dröhnte der Ludwig, inzwischen wieder bester Laune. Sein Bauch wackelte.

„Die kannst du dir in den A.... stecken“, wollte Max erwidern. Gesagt hatte er dann aber nichts.

***

Eva war gerade dabei, sich ihr Frühstück zu machen, als Max heimkam.

„Und? Ihr habt es aber lang ausgehalten. Wart ihr wenigstens erfolgreich? Ich hab mir schon ziemliche Sorgen gemacht. Hättest du nicht anrufen können?“

„Gib mir auch einen Kaffee, dann erzähl ich dir alles. Aber vorher muss ich noch was lesen.“ Max holte den schon etwas zerknitterten Brief aus seiner Gesäßtasche, machte ihn auf und begann zu lesen.

„Sehr geehrter Herr Esterl!

Wir waren zwar schon beim „DU“, aber jetzt, da ich weiß, wer Sie sind, möchte ich wieder zum „SIE“ zurück. Ihr Personalausweis im Geldbeutel hat sie verraten. Zum übrigen Inhalt der Geldbörse: Mit 150 Euro in der Tasche wollen Sie einen Bordellbesuch machen? Bedenklich knauserig. Ist Ihre Pension so schmal? Müssen Sie deshalb etwas dazuverdienen und ehrbare Prostituierte ausspionieren?

Dennoch: Es war mir eine Ehre, den berühmten Ex-Kommissar Max Esterl in unserem Etablissement begrüßen zu dürfen, auch wenn ich Sie zunächst nicht erkannt habe.

Leider ist Ihr Besuch nicht so zu Ende gegangen wie Sie es vorhatten. Unser Rat: Suchen Sie sich bessere Gesellschaft!

Die Substanz, mit der wir Sie ins Land der Träume geschickt haben ist harmlos, keine Angst. Ihr Kopfweh kommt eher von dem Schlag, den ich Ihnen versetzen musste (durfte).

Jetzt sind wir quitt, Max Esterl. Die alte Rechnung vom Hennenkobel ist beglichen.

Nehmen Sie´s sportlich, Rache ist süß.

Ihre Irmi, hier besser bekannt als Jenny

P.S.: Ihre Nachfrage nach Crystal war natürlich getürkt, oder? Sie recherchieren wieder! Außer zwei oder drei Peitschen hat Ihr Helfer aber nichts gefunden, denn:

Auch wir kämpfen für ein sauberes Železná Ruda, ob Sie es glauben oder nicht. Für unser Geschäft ist das Crystal-Zeug das reinste Gift. Es killt zu schnell.

Wenn Sie, Herr Esterl, etwas dagegen tun wollen lade ich Sie zu einem Gesprächstermin, diesmal mit offenem Visier."

Darunter stand eine tschechische Handy-Nummer.

„Kruminale! Eva, meine neue Freundin, die Irmi, die hat was drauf. Das musst lesen. Bester Briefstil. Die ist nicht blöd. Die ist sogar Klasse. Und ein sauberes, ein blitzsauberes Mädel ist die…"

„Und eine Nutte aus Straubing ist sie, hast vergessen?" Eva war die ganze Zeit hinter Max gestanden und hatte mitgelesen. „Ich weiß nicht, was ihr Männer habt, dass ihr immer gar so hinter den halbseidenen, den nuttigen her seid."

„Die Irmi ist keine von den Halbseidenen, die ist vollseiden. Und nuttig ist die gar nicht, die nicht." Warum verteidigte Max eigentlich die Irmi?

„Natürlich arbeitet sie im Bordell, aber sie sieht überhaupt nicht danach aus."

„Seh´ ich aus, wie eine Lehrerin?" Jetzt fand Max, dass es Zeit war, einzulenken.

„Nein, natürlich nicht, du bist so hübsch, schaust so jung aus, du könntest dir auch im Bordell, natürlich im Luxusbordell noch einige Euros verdienen."

Max merkte, dass es Zeit war, die Flucht zu ergreifen. Eva warf ihm alles hinterher, was sich als Geschoß eignete.

Die Zeitung nahm Max sich erst vor, als er ausgeschlafen hatte, also zum Mittagessen. Das nächtliche Abenteuer hatte dem Ex-Kommissar außer einem dicken Binkel an seiner Stirn noch einen ausgewachsenen Katarrh eingebracht. Auch seine lädierte Schulter schmerzte wieder.

„BRINGT SCHMUGGEL POLIZEI IN PERSONALNOT?" stand da in einer großen Schlagzeile im Bayerwaldboten, den Max auch in seiner aktiven Zeit in München täglich gelesen hatte. Die Unterzeile lautete „Massive Zunahme: Crystal Meth breitet sich aus".

In dem Artikel wurden zunächst die verheerende Wirkung dieser Droge beschrieben, die totale Abhängigkeit schon nach kurzer Zeit, die katastrophalen Folgen erst im psychischen, dann im körperlichen Bereich.

„Wer Crystal will, kriegt es überall", erklärte der Leiter einer Drogenberatungsstelle, „vor allem natürlich im Grenzgebiet", ergänzte Max. Weiter hieß es, dass die Drogenfahndung beachtliche Erfolge aufweise, dass man sie erheblich verstärken werde, dass man alles tun werde, um mit Schleierfahndern, verdeckten Ermittlern… .

„Besseren hoffentlich als Max und Bubi", dachte Max in einem seiner seltenen Anfälle von Selbstkritik. Er wusste, welchen Scheiß er da mit seiner Aktion gebaut hatte.

„Aber", so überlegte Max im gleichen Augenblick, „wir waren doch auch irgendwie erfolgreich. Jetzt wissen wir die Irmi an unserer Seite. So werden Bündnisse geschmiedet. Grenzübergreifend. Da kann sich die Euregio was abschneiden. Kruminale!"[1]

Max wusste aber, dass die Drogenhersteller und -händler auch Bündnisse schließen würden. Irgendwelche Wege würden die immer finden. So war es sein ganzes Berufsleben gewesen: Die Guten hinkten ständig hinterdrein. Und der Fritzi war inzwischen wohl unter die Räder geraten.

1 Anmerkung des Verfassers: In Wirklichkeit hat sich Max Esterl hier gedacht: „Da kann die Euregio scheißen gehen. Kruminale!" Meine Frau hat es aber gar nicht gern, dass der Max so vulgär ist. Nicht einmal in Gedanken. Ich hab´s herausgenommen, weil es ein Wiederholungsfehler gewesen wäre, nicht wegen der Intervention meiner Frau.

Anna kommt

Die nächsten Wochen fand Max nicht viel Zeit, um sich mit der Angelegenheit zu beschäftigen. Erst musste er die ausgewachsene Erkältung auskurieren, die er sich auf dem Ortsplatz in Eisenstein zugezogen hatte.

Dann, in den Faschingsferien frönte Max mit Eva ausgiebig dem Skisport. So früh wie möglich steuerten sie den Arber, den bekanntesten und auch einigermaßen anspruchsvollen Skiberg des Bayerwaldes an.

Bei ihren Münchner Kollegen hätten die Esterls mit dem Arber natürlich nicht punkten können, die kannten ja alle ein „einmalig schönes Skigebiet in Österreich, einen Geheimtipp." Für die Esterls war der Arber „ihr" Geheimtipp. Um neun Uhr mit dem ersten Lift hinauf, die Zweistundenkarte richtig ausfahren, Max brannten bis dahin eh die Oberschenkel schon gewaltig, um elf dann zum Gipfel hochsteigen, einen wunderbaren Alpenblick hatte man von dort auch, wenn das Wetter passte, und einen Blick hinein ins Böhmische, manchmal über die ganze Böhmische Senke hinweg bis zum Erzgebirge.

Dann auf der tiefverschneiten Terrasse der Zwieseler Turnvereinshütte oder im Arberschutzhaus mit einer Halbe Pfefferbier Brotzeit machen, dabei die „Arbermanndln", die verschneiten, eisverkrusteten, die bizarrsten Figuren bildenden Fichten bewundern und dann die Ski wieder anschnallen und eine letzte, eine rasante Talfahrt machen, vorbei an den Liften, an denen mittlerweile Urlauber und Einheimische Schlange standen.

Wenn sie Lust hatten, schlossen Eva und Max noch eine kleine Tour mit den Langlaufskiern an. Auf der Scheibe - direkt vom Brennespass her konnte man einsteigen, wenn man den Weg durch den Wald wusste - zogen die beiden oft eine Runde durch die Höhenloipe, genossen die Ausblicke, die rasanten Abfahrten, denen zu Max´ Leidwesen immer auch beschwerliche Anstiege folgten. Voriges Jahr, meinte Esterl, hatte er sich hier noch nicht so schinden müssen.

Oder sie fuhren ins Tal nach Bayerisch Eisenstein. Auch dort hatte man wunderbare Loipen gespurt, über die Arberhütte, einen kleinen Weiler führten sie, mit immer wieder großartigen Blicken zum Arber, der von hier aus ein gewaltiges, majestätisches Bild bot.

Oder sie fuhren wenige Kilometer weiter Richtung Zwiesel zurück und zweigten dann bei der großen Eisenbahnbrücke links ab nach Zwieselerwaldhaus. Dort pflegten Leute einer Privatinitiative ein riesiges Loipennetz, das Anschlüsse ans tschechische Netz bot und in großen Schleifen die fast unendlichen Wälder des Falkensteins durchquerte.

Oder sie fuhren ins wenige Kilometer von Zwiesel entfernte Glasmacherdorf Frauenau mit seinen überaus abwechslungsreichen Loipen, die wiederum, über einen Berg hinweg mit denen der Nachbargemeinde Rinchnach verbunden waren.

Oder die Kaisersteigloipen in Rabenstein oder die Zwieseler Loipen, in deren Netz sogar eine Nachtlanglaufstrecke verlief. Max kannte kein Gebiet auf der Welt, das so nahe beieinander solch abwechslungsreiche und qualitätsvolle Langlaufmöglichkeiten bot. Dabei gab es direkt am Arber, auf der Bodenmaiser Seite auch noch den Bretterschachten, das größte und schneesicherste Langlaufgebiet des Bayerwaldes. Aber dort war es dem Max zu teuer. Nur wenn es nirgendwo anders mehr ging, wichen Eva und er dahin aus. Jedes Mal allerdings wenn sie dort waren, kamen sie begeistert zurück.

Wenn die Esterls wollten, konnten sie einen ganzen Winter langlaufen ohne zweimal die gleiche Strecke zu gehen und ohne mehr als zwanzig Kilometer mit dem Auto fahren zu müssen.

Das war für Max und Eva Lebensqualität und dafür verzichteten beide gern auf einige Annehmlichkeiten der Großstadt.

Nach den Faschingsferien kamen an den Unis die Semesterferien und da würde Anna nach Zwiesel fahren und bei ihnen bleiben. Ihre Nichte Anna, die seit einigen Semestern in Berlin studierte, ihre Anna, die sie nach dem tragischen Tod von deren Eltern aufgezogen hatten, ihre Anna, die in München aufgewachsen war, aber in den Ferien zum ersten Mal in ihrem Leben nach Zwiesel kommen sollte, für die sie ein schönes Zimmer, ja ein Appartement hergerichtet hatten, ihre Anna, die sie verwöhnen wollten, ihre lustige, geradlinige, unkomplizierte und auch hübsche Anna, auf die sich beide freuten.

Die Schneehaufen die der Räumdienst am Zwieseler Bahnhof zu kleinen Bergen getürmt hatte, glitzerten im Licht der gelben Lampen, die die Bahnsteige beleuchteten. Es war kurz vor neun Uhr und eiskalt, Eva und Max warteten frierend auf den Abendzug der Waldbahn, der sich eine knappe Stunde zuvor vom Eisenbahnknotenpunkt Plattling aus auf die mühsame Strecke über die Donau hinweg, vierhundert Höhenmeter hinauf in den Bayerwald gemacht hatte. Vom milden Vorfrühling hinein in den strengsten Winter, oder wie es Max immer formulierte, „von der Toskana nach Sibirien".

„Schau, da kommt er", rief Eva, die die Lichter eines sich langsam nähernden Zuges entdeckte.

„Das wird unserer noch nicht sein. Erst kommen der Bodenmaiser und der Grafenauer Zug und der aus Eisenstein, mit dem sich dann unser Zug aus Plattling kreuzt. Verbindungen in alle Himmelsrichtungen. Sogar rüber nach Böhmen. In Eisenstein auf den tschechischen Zug aufspringen und dann ohne Umsteigen bis Pilsen oder Prag."

Schon lange hatte Max seiner Frau versprochen, mit ihr das Netz der Waldbahn zu erkunden, nach Eisenstein zu fahren, sich das neu eröffnete Museum im Grenzbahnhof anzuschauen, von dem alle so schwärmten und sich anschließend ein Bier in der benachbarten Grenzglashütte zu gönnen. Oder zwei Bier? Wozu war man schließlich mit dem Zug unterwegs?

Dazu aber waren die Faschingsferien zu kurz und das Wetter zu schön gewesen.

Max wurde durch einen erneuten Ausruf Evas aus seinen Gedanken gerissen:

„Dann ist es aber der!" Tatsächlich traf jetzt der richtige, der Zug mit Anna ein und Max spürte, wie ihm ganz warm ums Herz wurde und er freute sich, als er sah, wie seine, ihre Anna ausstieg, eine Tasche in der Hand und einen großen Rucksack über einer viel zu leichten Jacke, natürlich war sie ohne Kopfbedeckung und ihre braunen Locken wirbelten durcheinander, als sie und ihre Tante und Ziehmutter sich stürmisch drückten und halsten. Auch Max kam schließlich dran. Als Anna ihm in den Armen lag, hatte er das Gefühl, sie sei schmaler geworden.

„Lass dich anschauen." Hübscher war Anna auch noch geworden, oder kam der Eindruck davon, dass sie ihr „Kind" schon so lange nicht mehr gesehen hatten? Aber müde sah sie aus, und blass. Ihr Gesicht verschwand manchmal fast zwischen ihren dunkelbraunen Locken.

Auf jeden Fall ging es nicht, dass die Anna die ganze Zeit in ihrer leichten Jacke in der Kälte stand, das mochte die richtige Kleidung für Berlin sein, aber das hier war bairisch Sibirien.

„Saukalt habt ihr es in Zwiesel", auch Anna hatte inzwischen gemerkt, dass hier unterm Falkenstein noch der Winter regierte. „Saukalt."

„Im Auto ist es wärmer und daheim hab ich den Kachelofen geheizt, wirst sehen, wie gemütlich das ist." Max hatte Annas schweren Rucksack geschultert und eilte zielstrebig, die beiden Arm in Arm folgenden Frauen im Schlepptau, seinem Auto zu, das er auf dem Bahnhofsvorplatz geparkt hatte.

Neugierig hatte Anna das Haus der Esterls besichtigt und dann sofort ihre kleine Einliegerwohnung zu beziehen begonnen, die für die nächsten Wochen und dann immer wieder zu Besuchen im Bayerwald ihr Zuhause werden sollte. Zwei Zimmer, Bad und Toilette, viel Holz, sparsam, aber geschmackvoll eingerichtet („…sicher von Eva“).

Anna schien es, im Vergleich zu ihrem WG-Zimmer im vierten Stock eines Altbaus mit ständig verstopftem Gemeinschaftsklo wie ein Luxus: Ihr eigenes Reich.

Morgen würde sie sich einrichten, einige Möbel umstellen oder zurechtrücken, einige Dinge einkaufen. Hatten die in Zwiesel überhaupt Geschäfte wo man so etwas erwerben konnte oder gab es da außer Aldi und Rewe nichts? Auf der langen Fahrt hierher in die tiefste Provinz, hatte sich Anna so einige Gedanken gemacht. Ab Deggendorf waren die Bahnstationen, bis auf die in der Kreisstadt Regen, nur noch einsame Lichtkegel in der sie umgebenden Finsternis gewesen. Aus dem Schnee auftauchende Geisterstationen, an denen niemand zu- oder ausstieg.

Aber ihrer Tante gefiel es offensichtlich hier, und die war ja auch nicht gerade anspruchslos was schöne Dinge betraf. Und immerhin gab es hier sogar ein Gymnasium, Eva arbeitete ja dort, also konnte der Landstrich nicht ganz menschenleer sein.

Ein Klopfen an der Wohnungstür riss Anna aus ihren Gedanken. Ach ja, Eva und Max hatten für sie eine Brotzeit vorbereitet und wollten noch etwas mit ihr plaudern. Sie sollte von ihrem Studium und ihrer

Zeit in Berlin erzählen. Ob sie heute schon alles sagen sollte?

Anna fand, dass morgen auch noch ein Tag sei. Und dass erst einmal die Wiedersehensfreude überwiegen sollte. Und dass es auch so viel genug zu erzählen gab.

Es gab wirklich viel zu erzählen an diesem Abend und Max verließ seinen Stammplatz an der Eckbank nur zweimal. Zum Holznachlegen im Kachelofen, der kalt zu werden drohte und um aus dem Keller eine zweite Flasche Wein zu holen.

Nach dem Grünen Veltliner von Melitta und Ludwig Gruber aus Mittelberg im Kamptal war ein Lemberger vom Weingut Leiss aus Gelmersbach in Württemberg dran. Beides waren Weingüter, denen die Esterls immer wieder Besuche abstatteten und von denen sie wussten, wie sie produzierten.

Schnell war die alte, die vertraute Atmosphäre zwischen Anna und ihren Stiefeltern wieder da und Max machte so viele Pläne für die nächsten Wochen, dass Eva irgendwann einmal sanft mahnte: „Ach Max, du immer, überfall doch die Anna nicht so, die weiß ja gar nicht mehr, wo ihr der Kopf steht, lass sie doch ganz einfach erst ankommen."

Max hatte, erhitzt von der eigenen Begeisterung und vom Wein, von dem er natürlich selber das Meiste konsumiert hatte, gegen die Worte seiner Frau protestieren wollen, aber Anna hatte die Situation erkannt und Max –wie früher- sofort besänftigt:

„Onkel Max, Eva hat recht, ich bin ganz schön müde, du weißt schon, die Zugfahrt, alle die neuen Eindrücke, und ich möchte doch morgen früh raus, mit euch zum Langlaufen, da haben wir genug Zeit… ."

Max brummte nur noch etwas in seinen Bart, das so klang wie: „Geht nur ins Bett, dann trink ich halt den Wein allein aus", Anna gab ihm, wie früher, einen dicken Kuss zwischen Stirn und Glatze und verließ, Arm in Arm mit Eva, das Wohnzimmer.

Am nächsten Morgen schien die Sonne, aber es war kalt. Erst gegen Mittag würde der Schnee langsam aufweichen. Bis dahin würde die harschige Schneedecke sie gut tragen, sogar den übergewichtigen Max. Ein idealer Tag also für eine Schachtentour. Max hatte auch für Anna ein Paar Langlaufskier vorbereitet und so waren die drei gleich nach dem Frühstück aufgebrochen. Anna schien überglücklich zu sein, die Fahrt durch das winterliche Zwiesel gefiel ihr. Sie stellte eine Frage nach der anderen, die manchmal von Eva, meist aber von Max beantwortet wurden. Max gefiel sich in der Rolle des Fremdenführers: „Hier ist der Zusammenfluss des Großen und des Kleinen Regen, von dem Zwiesel seinen Namen hat."

„-Zwisl- hat´s geheißen, schon im Mittelhochdeutschen", warf die Deutschlehrerin ein. „Jetzt im Moment sieht man die beiden Flüsse aber nicht. Zugefroren."

„Wir fahren nach Buchenau, dem Ausgangspunkt unserer Schachtenwanderung. Ach ja, Schachten, das sind Waldweiden oben in den Grenzbergen, auf die die Waldbauern im Sommer ihr Jungvieh getrieben haben."

„Ähnlich wie die Almen?“, fragte Anna, die in ihrer Jugend mit ihren Stiefeltern häufig in den Alpen unterwegs gewesen war.

„Ähnlich wie die Almen, nur ohne Milchwirtschaft, lediglich ein paar Geißen hatten die Hirten dabei, um sich selber mit Milch zu versorgen. Sonst hatten sie nicht viel. Jeden Tag einen Sterz aus Erdäpfeln, manchmal haben sie sich Heidelbeeren oder Preiselbeeren gebrockt, Hoiba und Zwengalen heißen die hier, um sich den Speiseplan etwas abwechslungsreicher zu gestalten.“

„H o i b a…Z w e n g a l e n“, Anna hob belustigt die Augenbrauen. In was für eine Welt war sie da geraten?

„Sterz?“

„Wenn du willst, mach ich uns heut´ abend einen. Mit Kraut. Du wirst sehen wie prima das schmeckt! Als Kinder haben wir nicht genug davon bekommen können.“

„Und das ist das einzige Gericht, das Max wirklich gut drauf hat.“

Inzwischen waren die drei von der Staatsstraße Zwiesel-Frauenau Richtung Buchenau abgebogen, waren langsam aufwärts durch eine kurvenreiche, von uralten, knorrigen Ahornbäumen gesäumte Straße gefahren, hatten ein schönes altes Schlossgut links liegen gesehen –„Oberzwieselau“- hatte Max kommentiert, waren durch einen kleinen Weiler gefahren –„Pochermühle“. Nun war es Eva gewesen. „Da wohnt ein ganz lieber Kollege von mir. Kunsterzieher.“

Dann waren sie einige Zeit durch Wald gefahren, wunderschönen Wald mit riesigen Bäumen, durch die ihnen die Frühjahrssonne kräftig entgegenschien und immer wieder helle Muster in die schneebedeckte aber gut gestreute Straße zeichnete.

Buchenau erwies sich als ein kleines Dorf mitten im Wald, der Schnee lag hier fast doppelt so hoch wie im tiefer gelegenen Zwiesel, an den Rändern der ohnehin schon schmalen Straße waren die Schneewände meterhoch, von den Häusern dahinter sah man nur die Dächer.

„Eine andere Welt", dachte Anna, und ihre beginnende Begeisterung wuchs noch als Max unterhalb eines Gebäudes parkte, das aussah, als sei es einem Märchen entsprungen, einem Wintermärchen.

„Das Schloss. Hier hat Engelbert Humperdinck an seiner Märchenoper „Hänsel und Gretel" geschrieben."

„Und Erna Horn hat ebenfalls hier, aber Jahrzehnte später, Kochbücher verfasst, Kochbücher, die damals in ganz Deutschland berühmt waren, in den Zeiten, als wir noch nicht von den Schuhbecks und Lafers überschwemmt waren."

Eva räusperte sich vernehmlich.

„Sie mag die Erna Horn nicht", bedeutete Max der Anna. „Weil die etwas zu viel für die Nazis gekocht hat, damals."

„Ein andermal", brach Eva die Erklärungen ab. „Jetzt geht´s auf. Auf in die Berge."

„Zu viel für die Nazis gekocht?“ Anna hätte gern mehr darüber erfahren.

Jetzt aber schnallte sie sich die Langlaufskier an. Nach kurzer Zeit schon hatte die Studentin ihre frühere Sicherheit auf den Brettern gespürt, die sie sich schon als Kind geholt hatte.

Leicht konnte sie mit Onkel Max mithalten, der offenbar Konditionsprobleme bekam. Jedenfalls ächzte er manchmal gewaltig.

Anna gesteht oder Sterz mit Kraut

Das ganze Haus der Esterls duftete. Nach Sauerkraut und Sterz. Gleich, nachdem sie vom Lindberger Schachten nach Hause gekommen waren, hatte Max die Skier verräumt, sich geduscht und die Erdäpfel und das Kraut auf den Herd gestellt.

Nachdem er die Kartoffeln gekocht und geschält hatte, hatte er sie auf die Terrasse gebracht, wo sie bei den herrschenden Minusgraden schnell abgekühlt waren. Dann hatte er sie durch die Kartoffelpresse gedrückt, gesalzen, Mehl darüber gestreut, bis sie schön bröselig waren, sie in die Pfanne mit heißem Butterschmalz gegeben, bis die Kartoffelbrösel resch und goldbraun waren.

„Fertig", rief der Koch hin zum Wohnzimmer, wo die beiden Frauen es sich seit geraumer Zeit gemütlich gemacht hatten. Die ließen sich nicht lange bitten und nahmen Platz in der Essecke der geräumigen Küche, wieder direkt neben dem Kachelofen.

„Mmmh, wie das duftet, so einen Hunger hab ich schon seit Jahren nicht mehr gehabt. So lange war ich auch schon seit Jahren nicht mehr an der frischen Luft. Danke übrigens euch beiden, dass ihr mir das heute gezeigt habt. Das war so irrsinnig schön! Erst der Weg durch den Winterwald, die verschneiten Bäume, wie im Traum hab ich das erlebt. Die Sonne, die da, wo sie durch die Fichten kam, immer wieder geheimnisvolle Kringel auf den Schnee zeichnete, dann der Lindberger Schachten. Das gleißenden Blenden, als wir aus dem

Wald herausgetreten sind, die weiße Fläche, die wie mit Edelsteinen gefasst glitzerte… ."

„An dir ist ja fast ein Poet verloren gegangen", unterbrach Max die lange Hymne der Studentin. „Das freut uns, dass es dir schon beim ersten Mal so gut gefallen hat. Jetzt aber fordern prosaische Dinge ihr Recht: Der Sterz und das Kraut sind fertig."

Mit Schwung beförderte Max die beiden dampfenden Schüsseln auf den Küchentisch. Lange hörte man nichts von den dreien. Erst als Max mit einem Blopp die zweite Flasche Bier öffnete, begann ein Gespräch.

Nachdem Anna mit dem Essen fertig war, zweimal noch hatte sie sich den Teller nachgefüllt, nur Max hatte sich darüber hinaus eine „winzig kleine" Zusatzportion gegönnt, legte sie energisch Löffel und Gabel auf den Tisch.

„Einmal muss ich euch´s ja doch sagen, warum dann nicht gleich jetzt. Ich mag nicht lang rumdrucksen."

Eva und Max schauten einander etwas ratlos an.

„Kruminale, was denn?", entfuhr es Max.

„Also", begann Anna, der das heiße Sauerkraut, oder war es das Geständnis, das gleich folgen würde, das Gesicht tiefrot gefärbt hatte.

„Also, wo fang ich an? Mein Studium ist zwar ganz interessant, ich hab auch nichts verbockt und alle creditpoints zusammen, die man braucht."

„Wozu brauchst du Kredit?", unterbrach Max.

„Unterbrich nicht und frag nicht so naiv", stauchte Eva ihren Mann zusammen. „An den Unis gibt es ein Punktesystem…"

„Wollt ihr jetzt wissen, was ich sagen möchte oder nicht?" Anna kannte ihre beiden Zieheltern.

„Also", begann sie erneut, „die Theaterwissenschaften sind zwar wirklich interessant. Aber, wer da vorhat, einmal sesshaft zu werden oder gar eine Familie zu gründen, für den ist das Studium der direkte Weg in die Arbeitslosigkeit. Und wenn es Arbeit gäbe für mich, dann wär das in der Großstadt. In den Bayerischen Wald, zu euch her, oder sonstwo aufs Land käm ich da beruflich nie mehr."

Eva und Max schauten einander wieder an. Genau das hatten sie, als Anna ihr Studium begonnen hatte, auch immer gesagt. Sogar die Eva, die selber eine passionierte Theaterspielerin und –besucherin war, hatte ihr von der „brotlosen Kunst" abgeraten. Max war immer noch entgeistert ob des für ihn und Eva eigentlich so positiven Sinneswandels, Eva aber war schon einen Schritt weiter, war nicht ent-, sondern be-geistert:

„Heißt das, du willst etwas anderes…?"

„Unterbrich mich bitte nicht, es ist sowieso nicht leicht für mich, euch das zu erzählen."

Und wieder begann Anna mit „also, also ich möchte, ich habe mich dazu entschlossen, ich will…auf alle Fälle etwas studieren, das Hand und Fuß hat. Und zu mir passt."

Max reagierte vor lauter Freude übermütig:

„Ein Kind hätte Hand und Fuß. Und zu dir passen würd es auch."

Als er die entsetzten Blicke der beiden Frauen sah, grummelte er noch ein ziemlich leises „Kruminale" hervor und hielt den Mund.

„Ich könnt mir viel vorstellen, was zu dir passt." Die praktische Eva. „Und du?"

„Heute, während der Skiwanderung hab ich es mir nochmals überlegt. Und jetzt bin ich mir ziemlich sicher."

„Und?"

„Biologie oder Forstwissenschaften. In Passau oder Regensburg. An einer kleineren Uni hier irgendwo in der Nähe jedenfalls."

„Da machst du gleich ein Praktikum beim Bär Emil. Dem Förster in Rabenstein."

Max war vor Begeisterung aufgesprungen. „Das ist mein Freund, von dem kannst du viel lernen."

„Ja, wie man Bärwurz ansetzt, das Gebräu das die Einheimischen trinken, den Bayerwalddiesel, der einen guten Magen, aber einen dicken Kopf macht. Das kann sie lernen beim Emil."

„Fetzt euch doch nicht schon wieder wegen mir. Ich hab mir ja selbst schon Gedanken gemacht und mich eigentlich auch schon beworben, von Berlin aus. Eigentlich hab ich sogar schon eine Zusage. Und jetzt muss es raus:

Ich fange übernächste Woche mein Praktikum an."

Max war bei Annas Rede das Kinn immer weiter nach unten gekippt.

„Wo?“, wollte Eva wissen.

„Beim Nationalpark Bayerischer Wald.“

Jetzt stand der Mund von Max endgültig offen. Sperrangelweit! Nicht einmal sein Lieblingsschimpfwort brachte er mehr heraus. Wortlos ging er zum Kühlschrank und holte sich noch ein Bier.

Seit der Nationalpark den Leib- und Magenwanderweg von Max über die Steinbachfälle auf den Zwieseler Hausberg, den Falkenstein sperren wollte, war er auf diese „Nationalparkheinis“ nicht mehr gut zu sprechen. Gar nicht mehr gut. Kruminale!

Das rote Herz

Die Kälte der Februarnächte brach schön langsam, der Schnee schmolz unter der stetig wärmer und wärmer werdenden Frühlingssonne, Anna machte Praktikum, Eva hatte vormittags Unterricht und nachmittags oft Korrekturarbeiten, Max ging am Morgen schon zum Langlaufen oder fuhr zum Arber hoch. Am Nachmittag setzte er sich häufig zu seiner Frau, die im von der Sonne gewärmten Wintergarten arbeitete, und las, hauptsächlich die Werke von Karl Klostermann, während das Schmelzwasser von den immer kleiner werdenden Eiszapfen tropfte.

Heute war Max auf eine Geschichte gestoßen, deren Titel ihn aufhorchen ließ:

„Stell dir vor, Eva… ."

„Unterbrich mich nicht immer beim Korrigieren, das ist so eine Konzentrationsarbeit, du bringst mich ganz draus."

„Dann, Entschuldigung… ."

„Also, was?"

„Nichts, ich bring dich doch nur draus."

„Jetzt hast du mich ja schon drausgebracht, jetzt ist es eh schon egal."

Wieder einmal glaubte Max, die Frauen nicht zu verstehen, aber:

„Wenn´s egal ist, also stell dir vor Eva, da hat der Klostermann eine Geschichte mit dem Titel „Das rote Herz" geschrieben. Genauso heißt die LuLu-Bar in Böhmisch Eisenstein mit ihrem eigentlichen Namen. Ob die da bei Klostermann abgeschrieben haben? Auch im Logo hat die Bar das rote Herz und überall hängen dort rote Herzen rum."

„Rote Herzen im Puff. Das ist aber ganz ungewöhnlich, sowas gibt´s bestimmt in ganz München nicht."

Warum musste Eva immer so zynisch werden, wenn er die LuLu-Bar irgendwie erwähnte. Er war ja nicht zum Vergnügen dort gewesen, sondern praktisch beruflich, zumindest nebenberuflich.

„Der Irmi dort, der trau ich es zu, die hat so viel auf dem Kasten, dass sie weiß welchen literarischen Namen sie für ihr Etablissement benutzt. Das hat Klasse."

„Wenn sie sich hier bei Klostermann bedient hat, dann ist das nicht Klasse, Herr Ex-Kriminaler und Puffbesucher. Das ist, im Gegenteil, sogar eine ziemliche Unverschämtheit. Lies diese Geschichte, diese überaus traurige Geschichte, die trotzdem irgendwie noch Hoffnung lässt, dann weißt du, was ich meine. Die Irmi hat eher was auf dem Kerbholz als auf dem Kasten."

Damit war für Eva die Diskussion beendet. Mit einem tiefen Seufzer wandte sie sich wieder ihren Schulaufgaben zu.

Max wollte die Geschichte vom roten Herzen gerade zu lesen beginnen, da klingelte das Telefon. Max hob ab.

Erst hörte er gar nichts, dann ein Schluchzen, ein leises Weinen…"Kathi!?"

„Max, gut dass du da bist, mir geht es so schlecht, uns allen geht´s so schlecht, stell dir vor, was passiert ist."

Und Kathi erzählte und erzählte. Nur selten unterbrach Max sie mit einer Zwischenfrage. Am Gesicht von Max konnte Eva sehen, dass etwas Übles passiert sein musste.

Tatsächlich war Schlimmes vorgefallen. Fritzi hatten sie gefunden, in Železná Ruda. Halb totgeschlagen und vollgepumpt mit Drogen. Im Krankenhaus von Klatovy lag er, noch nicht vernehmungsfähig. Die tschechische Polizei gab kaum Auskünfte, die bayerische Polizei sagte da könne sie sich nicht einmischen. Ihr Mann, der Emil habe es schon über ihren gemeinsamen Freund Ludwig Rindl probiert, aber auch der sei machtlos.

„Max, wenn einer da helfen kann, bist du es. Du kennst doch die Dienstwege noch von früher her, und du kennst sicher viele Leute, auch von ganz oben. Bitte!"

Wenn die Kathi gewusst hätte, wie der Max in seiner aktiven Zeit zu den Leuten „ganz oben" gestanden hatte, dann hätte sie das nicht gesagt. In dieser Richtung sah Max keine Möglichkeit.

Aber, jetzt, wo er so nachdachte, fiel ihm jemand ein. Vor Jahren hatte er einmal mit einem Kollegen in Pilsen zu tun gehabt, war sogar dorthin gefahren. „Dienstreise ins Weltepizentrum des Biers", hatte Max damals schmunzelnd seinen Kollegen erzählt. Tatsächlich hatte der Pilsener Kollege mit ihm die Brauerei besichtigt, wo das berühmte „Pilsener Urquell" hergestellt wurde,

Max erinnerte sich noch gut an die riesigen Keller, die unterirdischen Gänge, durch die sie geführt worden waren, er erinnerte sich, wie gut das Bier dort unten und später in der Braugaststätte geschmeckt hatte. Er erinnerte sich an alles. Nur nicht an den Namen des Kollegen in Pilsen.

„Sch… Alzheimer! Schon wieder! Kruminale, dass ich da jetzt nicht drauf komm. Josef, ja, Josef“, soviel wusste Max noch. Sie hatten damals darüber gealbert, wie viele Varianten dieses hüben wie drüben so beliebten Namens es im Deutschen wie im Tschechischen gab: Sepp, Pepperl, Jupp auf der einen und alle möglichen Versionen vom Pepi bis zum Pepiček auf der anderen Seite.

Die Telefonnummer.

Max hatte sie damals, bei seiner Pensionierung, mit allen anderen Sachen auf und in seinem Schreibtisch einfach in einen Umzugskarton gesteckt. Wo war der?

„Was suchst du denn jetzt?“ Eva hatte Max in einem der Umzugskartons kruschen sehen, die er aus dem Keller geholt hatte.

„Kruminale! Ich dachte, ich müsst bloß reinlangen in den Karton, dann hab ich´s. Pfeifendeckl, nix, aber auch gar nix find ich mehr.“

„Was willst denn finden? Sag doch, vielleicht kann ich dir helfen.“

„Da kannst mir auch nicht helfen, ich such einen Namen, dienstlich, von früher. Von meinem Kollegen aus Pilsen, weil ich doch dem Fuchs Fritzi helfen soll, vielleicht kann der etwas für mich herauskriegen. Und jetzt fällt mir sein Name nicht ein. Josef...Josef... ."

„Holub", ergänzte Eva. „Ganz einfach, Holub."

Max fiel schon wieder einmal die Kinnlade nach unten. Ganz entgeistert und bewundernd schaute er Eva an.

„Woher...?"

„Immer wieder erweist sich, wozu literarische Kenntnisse gut sind. Schon vor Jahren, als du damals nach Pilsen gefahren bist, habe ich mir den Namen deines dortigen Kollegen leicht merken können. Holub, Josef Holub heißt dein Mann und genau so schreibt sich ein deutscher Autor, den ich sehr schätze. Er hat einen wunderbaren Roman geschrieben, den ich regelmäßig als Deutschlektüre verwende. „Der rote Nepomuk" heißt dieser Roman, er spielt keine 40 Kilometer von hier im Böhmischen, in Neuern, heute heißt die Stadt Nýrsko und er beschreibt die Freundschaft zweier Buben, eines deutschen und eines tschechischen. Eine Freundschaft, die ein Ende findet, als der Böhmerwald ans Deutsche Reich angeschlossen wird. Münchener Abkommen, du weißt schon."

„Ja, Frau Deutsch- und Geschichtslehrerin, danke für den Tipp. Jetzt hab ich ihn auch ohne dein Dozieren gefunden, den Holub, im alten Adressbuch, sogar seine Telefonnummer hab ich. Da ruf ich gleich an. Hoffentlich stimmt die Nummer noch."

Pilsen hin und zurück

Zwei Tage später, am Samstag in aller Herrgottsfrüh, saßen Eva und Max im Zug nach Pilsen.

Es war ein schöner Frühlingstag und die beiden hatten beschlossen, die Fahrt zu genießen. Max hatte Holub tatsächlich erreicht, der hatte sich an ihn erinnert, mit ihm für Samstag ein privates Treffen vereinbart und versprochen, sich bis dahin etwas umzuhören.

Max war mit dem Auto zum Bahnhof nach Bayerisch Eisenstein gefahren, hatte dort geparkt und am Schalter in Alžbětín, auf der tschechischen Seite des riesigen, seit diesem Jahr schön renovierten Grenzbahnhofs Fahrkarten für Eva und sich gekauft. Zwei Mal Alžbětín-Plzeň und retour hatte er verlangt, der Beamte hatte verstanden und auf Deutsch den Preis genannt: „21 Euro, 60 Cent".

„Ich brauche aber z w e i Karten. Für mich und Frau. Verstehen, zwei."

Automatisch hatte Max auf „Ausländerdeutsch" umgestellt.

„Sind zwei. Zwei Personen", hatte der freundliche Tscheche geduldig geantwortet. Max war überrascht. Das waren noch Preise.

Eva war hauptsächlich mitgefahren, weil Max ihr von der Biermetropole so vorgeschwärmt hatte: „Kulturhauptstadt Europas, hat sich unglaublich herausgeputzt, hat mein Freund Josef gesagt, viele kulturelle Veranstaltungen, Musik, Theater, Tanztheater,

Ausstellungen. Schau dir´s mal an, vielleicht fahren wir irgendwann mit Anna für ein Wochenende her, oder du kommst mit einer Schulklasse. Der Josef möchte uns alles zeigen, hat er gesagt."

Der Zug der Tschechischen Eisenbahn stand schon bereit: Ein blau-weißes Diesellokungetüm mit drei langen, ebenfalls blau-weißen Waggons. Das war etwas anderes als die kleinen Triebwägen der Waldbahn. Als die beiden einstiegen, waren sie fast die einzigen Fahrgäste. Das Innere der Wägen roch intensiv nach Desinfektionsmittel. Max kam der Geruch bekannt vor: So hatte vor der Wende fast der ganze Ostblock gerochen. Jedes Hotelbadezimmer, jede Gaststättentoilette: Überall wurde das Einheitsputzmittel benutzt.

Eva und Max konnten es sich aussuchen. Sie wählten Plätze am Fenster. Auf der Fahrt durch den Böhmerwald hinaus nach Nordosten in den Pilsener Kessel würde es viel zu sehen geben.

Und so war es auch:

Der Zug zockelte, vorbei an den Vietnamesenmärkten direkt hinter der Grenze nach Böhmisch Eisenstein, dann ging es durch einen ersten Tunnel bis zur Station Špičák, dem Bahnhof unmittelbar am großen Skiareal, dem bekanntesten Skizirkus des Böhmerwaldes. Hier wälzten sich an den Winterwochenenden Hunderte Prager und Pilsener aus den Zügen, der Talstation entgegen. Heute aber war nichts mehr los. Trotz künstlicher Beschneiung. Das Frühjahr war schon zu warm.

Nach dem Spitzbergtunnel führte die Strecke das wildromantische Angeltal hinunter. Die Tschechen nannten den Fluss, dem die Bahnstrecke bis Pilsen folgte und der dort zusammen mit drei anderen die Berounka bildete, Úhlava.

Immer wieder eröffneten sich Blicke auf den Osser mit seinem Felsengipfel, Max glaubte sogar, das Schutzhaus dort, direkt an der Bayrisch-Tschechischen Grenze zu erkennen. Immer wieder machten sich Eva und Max auf die Schönheiten des Waldes und seiner Berge aufmerksam, die an ihnen vorüberzogen.

An Neuern/Nýrsko kamen sie vorbei, der Stadt des Holub-Romans „Der rote Nepomuk“, der Zug war inzwischen gut gefüllt, durch Klattau/Klatovy fuhren sie, die Stadt mit dem berühmten „Schwarzen Turm“, die neu restaurierte Wasserburg Schwichau/Švihov grüßte kurz danach herüber.

„Hast du schon gehört, dass hier große Teile des Märchenfilms „Drei Haselnüsse für Aschenbrödel“ verfilmt wurden?“

Jedes Weihnachten gehörte dieser Film für Eva zum Heiligenabendpflichtprogramm, wie für Max die Bratwürste und der süße Senf, deshalb hatte sie auch schon gespannt gewartet, bis die Burg aus dem durch das Wasser sich bildenden Morgennebel wie ein Traumbild auftauchte. Oder wie ein Märchenbild… .

Nach kaum mehr als zwei Stunden erreichten sie den Pilsener Hauptbahnhof, ein beeindruckendes Bauwerk aus der Gründerzeit, der Epoche, die das damals emporstrebende westböhmische Industriezentrum geprägt hatte. Viele der Bauten aus dieser Zeit, das hatten die beiden vom Zug aus schon sehen können, waren inzwischen restauriert worden. Pilsen hatte sich herausgeputzt, Europa konnte kommen!

Am Bahnhofsvorplatz erwartete sie schon Josef Holub mit seinem Škoda. Die Begrüßung mit Max fiel herzlich aus, auch Eva wurde mit einer Umarmung bedacht.

Holub sah aus, wie Eva sich einen richtigen Tschechen vorgestellt hatte: Durchschnittsgröße, etwas korpulent (da passte er ja so richtig zu Max), grau-schwarz melierter Schnauzer, pfiffiges Gesicht. Mit seinem karierten Hemd passte er sogar genau zu Max.

Josef, der Eva zuerst mit Handkuss begrüßen wollte, war auch mit ihr bald per „Du“ gewesen, darauf hatte Max bestanden.

Josef war mit den beiden Deutschen erst ins Zentrum, zum Ringplatz gefahren, wo er Eva direkt zwischen dem historischen alten Rathaus mit seiner prachtvollen Renaissancefassade und der gotischen Bartholomäuskirche mit ihrem schwindelerregenden Spitzturm aussteigen ließ.

„Wir treffen sich hier in zwei Stunden, dann geben wir uns Mittagessen bei Mansfeld. Nicht vrgessen jidische Synagoge und Stadttheater anschauen“, gab Josef der Eva noch mit auf den Weg, bevor er sich mit „Ahoj“ verabschiedete und mit Max zu seinem Büro ins Polizeipräsidium brauste.

Josef hielt sich nicht mit überflüssigen Vorreden auf, soviel Zeit war nicht. Das war ganz nach Max Esterls Geschmack. Hier hatten sich wirklich zwei gefunden, die zueinander passten.

„Was willst du wissen. Ich dachte, du bist schon gerentet."

Das Deutsch von Josef war manchmal etwas originell. „Aber mein Tschechisch ist dagegen miserabel", dachte Max und begann:

„Ein junger Mann aus Zwiesel, wo Eva und ich jetzt wohnen, ist vorige Woche in Železná Ruda halbtot aufgefunden worden, jetzt liegt er in Klatovy im Krankenhaus. Ich kenne seine Familie, die machen sich fast verrückt vor Sorgen.

Von der tschechischen Polizei erfahren sie fast nichts, die deutsche Polizei sagt, das sei nicht ihre Sache. Kannst du helfen? Was ist passiert, waren Drogen im Spiel, wie wird es weitergehen? Können wir, kann ich helfen?"

Die letzte Frage hätte Max wohl nicht gestellt, wenn Eva dabei gewesen wäre.

„Hab von dem Fall gehört", kam Josefs Antwort. „Ist kompliziert. Aber ich vrsuche."

Josef hatte während des Gesprächs seinen Computer hochgefahren und deutete Max an, ihm über die Schulter zu schauen. Der aber konnte nichts von dem entziffern, was er sah.

Dann telefonierte der Tscheche, zuerst bekam er wohl nicht die richtigen Leute an die Strippe, beim zweiten Mal aber nickte er, während er auf eine Verbindung wartete, dem Max zufrieden zu.

„Sie vrbinden mich mit Freund, Kamerad aus Klatovy, er sagt mir alles, was will wissen."

„In Tschechien funktioniert´s auch nicht anders als bei uns“, dachte Max, während Josef ihm mit den Augen zuzwinkerte. „Freunde brauchst du.“

Josef sprach ziemlich lang mit seinem Kameraden, Max verstand fast nichts davon, nur hin und da glaubte er, das Wort „Crystal“ herauszuhören. Das hörte sich nicht gut an.

Und es war auch nicht gut, was Max dann von Josef zu hören bekam. Der Fritzi, „Friedrich Fuchs v Zwieselu“, wie Josef ihn tituliert hatte, war ein Opfer. Ein armes Schwein, das zuerst in Zwiesel Bekanntschaft mit Drogen gemacht hatte, dann sehr schnell auf Crystal umgestiegen war. Erst hatte er in Zwiesel konsumiert, dann waren die Kontrollen an der Grenze und entlang der Straßen verschärft worden, was die Drogen rarer und damit teurer machte. Das war etwa um Weihnachten gewesen. Der Fritzi hatte sein Zeug daraufhin direkt in Železná Ruda erworben und verbraucht. Immer wieder. In der Szene und bei der Polizei dort war er schon bekannt gewesen.

Irgendwem musste er schließlich lästig geworden sein, so lästig, dass man ihn abserviert hatte.

„Du weißt ja selber, Max, Menschenleben is nix in diese Kreise.“

Das Schlimmste aber, so Josef, war, dass seit kurzem irgendwo ein Labor existierte, das Unmengen von diesem Teufelszeug in recht guter Qualität produzierte und dass dieses Labor offenbar neue Vertriebswege gefunden hatte.

Das deckte sich mit dem, was Max von Ludwig Rindl erfahren hatte:

Die Schleierfahnder wurden kaum noch fündig. Und dennoch konsumierten die Junkies in Ostbayern fleißiger denn je. Fritzi hätte jetzt gar nicht mehr nach Železná Ruda gemusst. Das Zeug war da. Im ganzen Bayerwald!

„Kollegen wollen Fuchs vrnehmen, sobald meglich. Liška, Fuchs ist schlau. Junkie, aber schlau, sagt mein Kamerad aus Klatovy. Vielleicht finden wir Männerhinter."

„Die Hintermänner", verbesserte Max unauffällig, „ja, die findet man meistens nicht. Dann wird der Fuchs sobald nicht heimkommen, nehme ich an."

„Erst Gift raus in Dobřany, geschlossene Klinik, dann Vrhere."

„Verhöre. Klar, dass ihr den Fuchs erst einmal ausquetschen müsst."

„Deine Freunde können sicher sein, dass der Fuchs wird anständig behandelt. Kommunismus ist lange vorbei, wir sind EU und NATO. Und Pavel, Kamerad aus Klatovy ist guter Mann. Hat vrsprochen gibt michs Informationen, wenn Neues passiert. Ist nix geheim. Und ich geb weiter an dich, Max. Wie friher."

„Wie früher." Max war zufrieden, sehr zufrieden. Auf Pepiček konnte man sich verlassen.

„Und jetzt schauma zu Ringplatz fir Eva, dann zu Mansfeld fir Essen und dann Besichtigung Kulturhauptstadt Plzeň. Wirst sehen, Max, lohnt sich."

Und es hatte sich gelohnt. Voll mit neuen, schönen Eindrücken fuhren die beiden am Abend mit dem Zug zurück. Eva war besonders begeistert. Es hatte sich herausgestellt, dass Josef ein ebenso großer Opernfan wie sie war und dass Pilsen ein ganz ansehnliches Opernensemble besaß.

„Das sind ja ganz neue Perspektiven, die sich da auftun, Max. Die spielen jetzt gerade Smetanas Verkaufte Braut. Da müssen wir hin. Und der Pepi hat mir versprochen, mich zu Karel Klostermanns Grab zu führen. Er liegt hier in Pilsen auf dem Friedhof, und stell dir vor, sein Grab wird immer noch regelmäßig geschmückt. Von Lesern, von Verehrern!"

Mit dem Wohnwagen auf den Jährlingschachten

Als die Esterls am späten Abend von Pilsen nach Hause gekommen waren, hatte im Wohnzimmer Licht gebrannt. Anna war noch auf und wartete dort auf sie:

„Ich wollte euch nur sagen, dass ich heute die Zusage bekommen habe. Ich darf an einem kleinen Forschungsprojekt des Nationalparks teilnehmen. Einer der Schachten soll wieder mit Jungrindern behütet werden und da brauchen sie Leute, die die Tiere begleiten und beobachten, die Aufzeichnungen machen und diese entsprechend auswerten. Und ich darf dort mit hinauf. Zusammen mit einer anderen Praktikantin, mit der ich mich gut verstehe. Die Luise kennt sich aus“, fügte Anna an, als sie die zweifelnden Blicke ihres Onkels bemerkte. „Die arbeitet jetzt schon sechs Monate beim Nationalpark. Und außerdem stammt sie von hier, aus Klingenbrunn.“

Anna hatte vor lauter Begeisterung überhört, dass dem Mund vom Max zweimal ein gebrummtes „Kruminale“ entwichen war.

„Da hinauf?“ Max war besorgt. „Wisst ihr überhaupt, auf was ihr euch da einlasst? Wo werdet ihr da hausen? Kein Wasser, kein Strom. Wahrscheinlich nicht einmal Handyempfang.“

„Ja, ich weiß. Das direkte Gegenprogramm zu Berlin. Deswegen reizt es mich ja so. Und außerdem sind wir beide immer nur drei Wochen dort oben, dann werden wir von der zweiten Schicht abgelöst und kommen wieder runter ins Tal. Ich zu euch. Und dann hab ich eine

Woche frei. Tutto kompletto! Und dann zwei Wochen normalen Dienst und dann geht´s wieder rauf auf die Alm…auf den Schachten", verbesserte sich Anna.

Als sie die langen Gesichter ihrer Stiefeltern sah, setzte Anna sich zwischen die beiden, nahm sie bei den Händen und lächelte sie an: „Ich habe gedacht, ihr freut euch mit mir. Schaut, das wird doch schön. Ihr könnt mich jederzeit besuchen. Der Jährlingschachten, auf dem wir hauptsächlich sein sollen, ist von Spiegelhütte oder von Scheuereck aus in fünf Viertelstunden zu erreichen."

Mit einem Seitenblick auf den Bauch von Max fügte Anna hinzu: „Allerhöchstens eineinhalb Stunden. Das schafft ihr doch locker am Nachmittag. Jetzt wo die Tage länger werden. Und die freie Woche, Max, was wir da alles unternehmen können. Oder ich koche."

Eva und Max spürten Annas Begeisterung und sie wollten ihr die Freude lassen.

„Und wo wohnt ihr? Im Zelt? Dort oben kann es im Sommer höllisch wettern, ist euch das bewusst? Und in den Nächten auch Frost geben, selbst im Juli, trotz Erderwärmung." Max wollte dennoch alles geklärt haben.

„Im Wohnwagen werden wir leben". Annas Lächeln war jetzt ein wenig triumphierend. „Wie die den raufschleppen, weiß ich nicht. Mir auch egal."

Jetzt war Max entsetzt: „Typisch Nationalpark. Unsereiner darf die Kernzone nicht einmal betreten und die schleppen einen Wohnwagen rauf, machen einen Campingplatz draus. Ist der Wohnwagen wenigstens grün?

Kruminale! Das grüne Herz des Bayerwaldes und ein Wohnwagen mittendrin."

Eva schüttelte ob der Tirade ihres Gatten nur den Kopf, Anna wusste jetzt, dass sie gewonnen hatte und Max war, trotz seines Ausbruchs froh, dass seine Anna wenigstens ein Dach über dem Kopf hatte.

„Sind Wohnwagen wie die Autos eigentlich Faradaysche Käfige?", murmelte er, als er kurze Zeit später neben Eva im Bett lag. „Muss ich morgen gleich im Internet nachschauen."

***

Der Einsatz von Kathi auf dem Jährlingsschachten sollte Mitte Mai beginnen, die Tiere sollten ungefähr Anfang Juni hochgetrieben werden, erst dann war der Schnee dort oben soweit weggetaut und so viel Gras gewachsen, dass die Rinder auch Nahrung finden konnten. Bis dahin war noch Zeit und die Dinge gingen ihre geregelten Gänge.

Max spielte hin und wieder einen Schafkopf im Bräustüberl und horchte sich dort, vor allem bei Jiří, um. Josef rief regelmäßig an, um Max zu berichten.

Die tschechische Polizei hatte den Fritzi vernommen als es ihm wieder besser ging, er hatte aber nichts sagen können oder wollen, man hatte erkannt, wie weit unten der Deutsche in der Drogenhierarchie stand und würde ihn wohl bald abschieben.

Frieda Fuchs und Kathi Bär hatten Angst. Angst vor dem, was danach passieren würde. Angst davor, dass Fritzi sofort wieder in sein altes Milieu abgleiten würde. Mit der Irmi hatte Max bis jetzt keinen Kontakt aufgenommen, nach den Reaktionen von Eva war ihm die Geschichte ein wenig zu heiß geworden.

Ein Ereignis allerdings versprach Abwechslung. Anna hatte es ihren Stiefeltern schon angekündigt, bevor es in großer Aufmachung im Bayerwaldboten stand:

„GROSSE PODIUMSDISKUSSION
VON KRITIKERN UND BEFÜRWORTERN
DES NATIONALPARKS BAYERISCHER WALD

Der Landwirtschaftsminister des Freistaats Bayern und der Landrat des Landkreises Regen sind die beiden prominentesten Gäste auf dem Podium im Foyer des Glasmuseums in Frauenau, wenn es heißt „Nationalpark - Fluch oder Segen?"

Besonders heiß dürfte die Diskussion um die Themen „Borkenkäferbekämpfung" und „Ausweisung neuer Naturzonen" werden. Bekanntlich vertreten die beiden hochrangigen Politiker sehr unterschiedliche Standpunkte. Erstmals ist es nun gelungen…weitere Diskussionsteilnehmer sind…Redakteur von der Passauer Neuen Presse hat die Diskussionsleitung… umrahmt wird die Veranstaltung von der Blaskapelle Frauenau. Da mehr Zuhörer erwartet werden, als das Glasmuseum fassen kann (leider war die Arberlandhalle in Bayerisch Eisenstein schon belegt), werden in allen Tourist-Informationen des Zwieseler Winkels Platzkarten ausgegeben."

„Da gehen wir hin", war die einhellige Meinung aller drei Familienmitglieder. Zum Thema der Diskussion aber hatte jeder der drei eine andere Meinung.

Sturm im Glasmuseum oder „Da Woid is schee“

Das in moderner Glasarchitektur gehaltene Foyer des Frauenauer Glasmuseums war überfüllt. Schon lange vor Beginn der Podiumsdiskussion hatten die Zuhörer um die letzten Plätze gerangelt, erst als die Organisatoren versprochen hatten, die Diskussion mit Lautsprechern auch auf den Museumsvorplatz zu übertragen, war es ruhiger geworden. Bis zum Beginn der Veranstaltung wurde das Publikum von der Frauenauer Blaskapelle unterhalten, die Stimmung war wie beim Volksfest, der berühmten Auerer Kirwa. Nachdem bekannt gegeben worden war, dass nach Beginn der Diskussion kein Bier mehr ausgeschenkt werden sollte, orderten viele der überwiegend männlichen Zuhörer noch kräftig Nachschub. Die Kellnerinnen hatten schon rote Köpfe vom ständigen Hin- und Herlaufen.

Die Frauenauer Blaskapelle in ihren, vor allem bei den weiblichen Mitgliedern feschen Trachten, spielte die Polka vom böhmischen Wind. Das war ganz schön hinterkünftig fand Max Esterl. Zwei Stürme waren schließlich schuld gewesen an der Borkenkäferkalamität im Nationalpark. An diesen kleinen Tierchen hatte sich eine schon seit Jahren andauernde Diskussion entzündet, die viele Anlieger und Nachbarn des Nationalparks in Gegner und Befürworter spaltete, die von beiden Seiten sehr emotional geführt wurde und die Serien von Leserbriefen provoziert hatte. Max hatte sie während seiner Münchner Zeit alle mit Interesse gelesen.

Beide Seiten behaupteten, die Mehrheit der Bevölkerung hinter sich zu haben. Beide hatten, wie Max immer wieder sagte, unrecht. Die Mehrheit der Menschen hier hatte keine Meinung dazu. Die Segnungen des Nationalparks wollten sie gern in Anspruch nehmen. Die Nachteile dagegen… .

***

Max hätte es nie wirklich zugegeben, dass er genauso dachte. Nationalpark - grundsätzlich nicht falsch, aber…! Der gesperrte Weg über die Steinbachfälle, das war sein Knackpunkt. Und der Borkenkäfer!

Eva, die ja relativ neu im Bayerischen Wald war, stand den Dingen offener, unvoreingenommener gegenüber. Sie wunderte sich, mit welcher fast ideologischen Sturheit der Nationalpark oft vorzugehen schien. Von gutem Konfliktmanagement, von Offenheit keine Spur. „Die verstecken sich hinter international geltenden Nationalparkordnungen wie hinter Kampfschildern und wollen alles hundertzehnprozentig erfüllen. Wie wir Deutschen halt sind.“

Ähnlich viel Ideologie sah Eva allerdings auch bei vielen Gegnern des Nationalparks. „Die finden überall noch ein Haar in der Suppe, die wollen gar nicht, dass es ihnen recht gemacht wird. Keiner zeigt irgendwie Kompromissbereitschaft, kein Wunder, sind ja auch lauter Männer vorn dran. Hier wie dort.“

Anna dagegen war eine glühende Befürworterin. „Ihr solltet sehen, wie dort oben am Lusen wo alles zerstört war, wieder Neues nachwächst. Noch schöner als vorher."

„Kruminale! Mir war es vorher schön genug. Erst hat man Lusen und Rachel braun werden lassen, jetzt ist der Falkenstein dran. Alles Absicht. Das dürfen die vom Nationalpark. Und ich? Ich darf nicht einmal mehr den Weg über die Steinbachfälle hochgehen in Zukunft."

Während die Blaskapelle mit ihrem schneidigen Dirigenten, einem Förster natürlich, den Waldler-Marsch spielte, erkletterten die Diskussionsteilnehmer das Podium, vom Publikum, je nach Einstellung, mehr oder weniger heftig beklatscht.

Die Diskussion wogte hin und her, die meisten der Argumente waren nicht neu, die Zuschauer mischten sich, außer durch Beifall oder Pfiffe, nicht ein.

Nach etwa eineinhalb Stunden war die Podiumsdiskussion zu Ende, die Zuschauer hatten rote Köpfe, der Moderator sah in die Menschenmenge und fragte anschließend, ob noch einer der Anwesenden einen wesentlichen Beitrag zur Debatte habe.

Da stand einer auf und bat um das Mikrophon, den Max nicht kannte:

Mitte 30, Haare zu einem Schwänzchen nach hinten gebunden, groß gewachsen, drahtige, sportliche Figur, lässige Kleidung, nichts Modernes, eher der Stil vergangener Zeiten. Max erinnerte er an Figuren aus Westernfilmen.

„Der hat was", flüsterte ihm Eva zu.

„Der hat was“, war auch Max überzeugt. Ob das, was der Mann hatte, gut oder schlecht war? Max, der sonst ein schnelles und sicheres Urteilsvermögen hatte, war sich plötzlich nicht mehr sicher.

Auf alle Fälle war dieser Mann, er hatte sich als Viktor vom Roten Herz vorgestellt, Schuld daran, dass die Podiumsdiskussion das Ende fand das keiner gewollt hatte.

„Schon wieder Rotes Herz, Kruminale!“, hatte Max erst gedacht. „RoteHerzInflation quasi.“

Dann aber hatte dieser Viktor sein „Rotes Herz“ vorgestellt, hatte eindringlich auf das Publikum eingesprochen, hatte viele, trotz der fortgeschrittenen Stunde, sofort in seinen Bann gezogen… .

„Der Mann ist ein Guru“, hatte Max der Eva zugeflüstert und die hatte „ja, faszinierend“ geantwortet.

„Ihr vom Nationalpark habt die Vision vom Park als dem grünen Herzen des Bayerischen Waldes“. Zustimmung bei den NP-Freunden. „Was aber ist ein grünes Herz? Ein Herz, durch das kein Blut fließt, ist das grüne Herz. Ein kaltes, vielleicht auch ein unreifes, eben ein grünes Herz. Der Name passt genau für euch.“ Beifall von der anderen Seite.

„Wir sind das Rote Herz, unsere Gruppe nennt sich nach einer Geschichte von unserem Böhmerwalddichter Karl Klostermann.“

„Respekt“, dachte Max, „schon wieder Leute, die den Klostermann gelesen haben.“

Der Guru fuhr fort: „Ihr kennt uns noch nicht. Aber ihr werdet uns kennen lernen. Wir lieben den Bayerischen Wald und seine Schwester, die Šumava wirklich, nicht so wie ihr, die Nationalparkleute, die ihr auf euren Posten sitzt und klug daherredet. Und nicht so wie ihr Nationalparkgegner, die ihr mit nichts zufrieden seid und doch nicht wirklich kämpft, nur mit der Goschn."

Schon lange hatte Max dieses altertümliche, etwas abwertende Dialektwort für „Mund" nicht mehr gehört.

„Wir bekennen uns zu den Werten, die früher herrschten. Wir wollen den Wald, die Natur bewirtschaften wie zu Karl Klostermanns Zeiten und wir tun dies auch. Er hat´s beschrieben wie kein anderer. Lest nach bei ihm, bei Klostermann, in seinen Romanen. Warum arbeitet der Nationalpark nicht so? Schonend den Wald erhalten, aber auch: „Mensch geht vor Wald".

„Da spricht ein Prophet." Aus Evas Stimme war eine große Portion Ironie herauszuhören.

„Oder ein Missionar", ergänzte Max.

Der Visionär fuhr fort: „Ihr werdet noch von uns hören. Besucht uns in Stubenbach drüben, in Prášily, wo wir unseren Hof haben, Tschechen wie Deutsche, wir freuen uns. Wir vom Roten Herz. Und wenn ihr keine Zeit dazu habt, dann schaut in unsrer Homepage nach."

Wenn der Prophet hier geendet hätte, wäre alles gut gewesen, ein bisschen sektenmäßig, wie Max fand, aber gut.

Der Guru aber hörte nicht auf. Er begann beide Seiten gleichmäßig zu beschimpfen, nicht wüst oder ordinär, sondern ziemlich scharfsinnig und brutal. Sowohl dem Nationalpark als auch der Bürgerbewegung warf er Lügen vor, Kleinkariertheit, Borniertheit und ideologische Blindheit.

„Nehmt ihm das Mikro, der ist verrückt, müssen wir uns das bieten lassen!“, schrien viele der Zuschauer. Andere stimmten ihm zu, vor allem diejenigen, die dem vom Frauenauer Waldverein ausgeschenkten Bier schon ausgiebig zugesprochen hatten. Zwischen zwei Tischen schien es schon zu Handgreiflichkeiten zu kommen. Geschrei wurde laut, immer mehr Menschen mischten sich ein, Ordner liefen zum Zentrum der Streitigkeiten, Bier wurde verschüttet, ein Tisch stürzte um, Gläser splitterten. Max schob Eva und Anna vor sich her Richtung Ausgang, das Gedränge aber war groß.

Der Landrat und der Minister waren ob des beginnenden Tumultes vom Podium heruntergeflüchtet, ebenso die anderen Diskutanten, der Vorsitzende des Waldvereins, der mit seiner überaus kräftigen Statur wie ein Turm in der Brandung stand, fuchtelte mit den Armen zur Musikkapelle hin und schrie: „Spejts was, aber laut!“

„Mir san vom Woid dahoam, des kennt a jeda glei…“

Bis die Nationalhymne des Bayerwaldes verklungen war, hatten sich fast alle wieder einigermaßen beruhigt, die Ordner waren Herr der Lage geworden und hatten die übelsten Krawallmacher im Schwitzkasten, die Vernunft hatte wieder die Oberhand gewonnen.

„Wenn´s von den Bergen hallt, dann samma mir dabei.

Und wenn des Stutzerl knallt, dann samma mir untwe(gs),

mir san vom Woid dahoam, da Woid is schee.“

Max schüttelte nur noch den Kopf. Ein wenig schämte er sich für seine Bayerwäldler.

Eva fand es sonderbarerweise lustig.

„Ich hab mich lang schon nicht mehr so amüsiert.“

Anna sagte nichts.

Jährling I

Anna verbrachte ihre ersten drei Wochen auf dem „Jährling". In Luise hatte sich Anna nicht getäuscht. Die war lustig, immer gut drauf und sie war praktisch veranlagt. Technische Probleme, und die entstanden öfter als Anna gedacht hatte, löste Luise im Handumdrehen.

Die ersten Nächte da oben in der Einsamkeit waren für die beiden noch spannend gewesen, spannend und geheimnisvoll. Sie hatten sich nicht getraut, den Wohnwagen, ihr Zuhause, ihre „Festung" zu verlassen. Die Finsternis war schier undurchdringlich, alles draußen war feucht von den Hochnebeln, die geradezu furchteinflößende Stille der Nacht wurde nur hin und wieder vom Bimmeln einer der Kuhglocken unterbrochen, einem Geräusch, das der Anna unglaublich friedvoll und gleichzeitig wie seit Ewigkeiten vertraut vorkam.

Dann, in der letzten Woche, war es warm geworden. Nicht so heiß, wie unten im Tal. Aber doch spürte man den Sommerwind, wie er über die Hochflächen strich und die beiden Waldhirtinnen freuten sich, dass sie den ganzen Tag in kurzen Hosen herumlaufen konnten. Und sie erweiterten ihren Radius um den Jährlingsschachten herum. Sie entdeckten die Nachbarschachten, einmal gingen sie sogar über den Rindel- und den Albrechtschachten bis hinüber zum Falkenstein.

Dort zischten sie im Schutzhaus eine Halbe Radler und ließen sich überwältigen vom Gipfelblick. Aber es waren ihnen zu viele Leute dort. „Wie schnell sich die Perspektiven ändern können", hatte Anna gedacht und zu Luise gesagt: „Komm, wir gehen wieder heim, auf unseren Jährling."

Immer öfter blieben sie nun bis in die Nacht hinein draußen sitzen und genossen den Blick in den Abendhimmel, die Farbenspiele der Sonnenuntergänge, die sich über den Vorwaldbergen ereigneten, sie schauten zu wie die Sonne hinter dem Hirschenstein verglühte, wie die Berge zuerst noch rosa angehaucht waren und wie sich dieses Rosa allmählich in ein lichtes, dann in ein tiefes und schließlich in ein dunkles Blau verwandelte.

Sie schauten zu, wie nach und nach die Sterne auftauchten, ganz blass zuerst, ganz wenige, dann fast unmerklich immer mehr, bis schließlich Milliarden am Firmament funkelten.

So etwas hatte Anna weder in München noch in Berlin jemals erleben können, die Lichtverschmutzung der Großstädte ließ das nicht zu. Anna war fasziniert.

Anna und Luise schauten immer wieder hinauf, konnten sich nicht satt sehen, wickelten sich in dicke Pullover, damit sie es länger draußen aushielten und erst wenn sie wirklich froren, oder die Insekten ihnen zu lästig wurden, gingen sie nach drinnen in ihre „Festung". Manchmal war Anna direkt nach Beten zumute, ein Gefühl der Ehrfurcht überkam sie, das sie bisher nicht gekannt hatte. Im Wohnwagen, wenn es ganz still war, betete Anna sogar wirklich. Das hatte sie seit ihren Kindertagen nicht mehr getan.

Anna war zufrieden. Mit sich und ihrer Umgebung. Ihre Entscheidung war richtig gewesen. Jetzt war ihr das völlig klar.

Die drei Wochen waren wie im Flug vergangen. Fernsehen und Internet vermissten die beiden lediglich die ersten Tage, ihre Handys hatten sie nur für den Notfall dabei. Meist war hier oben sowieso kein Empfang, nur höchst selten waren sie im Netz, hin und da auch im tschechischen Netz.

Das Einzige an der Zivilisation, auf das sich Anna wirklich freute, war eine warme Dusche. Und ihre Stiefeltern Eva und Max. Ihnen wollte sie schildern, wie die ersten Wochen gewesen waren, sie beide wollte Anna teilhaben lassen an ihrem Glück.

Eva und Max hatten sich vorgenommen, ihre Nichte in den Anfangswochen nicht zu besuchen. Sie sollte das Gefühl der Freiheit haben, die beiden wollten sich nicht aufdrängen. Anna hatten die Wochen in der Waldeinsamkeit offensichtlich gut getan. Ihr hübsch anzusehendes Gesicht war von der Sonne schon ein wenig gebräunt worden und hatte eine frische Farbe angenommen, ihre Stimme war kräftiger geworden, ihr Blick freier.

Die drei Wochen im Tal vergingen genauso schnell wie die auf dem Jährling: Es gab viel zu erzählen, Wäsche war zu waschen, Eva hielt Schule und korrigierte, Max besorgte den Haushalt, arbeitete im Garten und spielte wöchentlich einmal Schafkopf im Bräustüberl.

Anna wertete einige der Ergebnisse aus, die ihre „Forschertätigkeit“ auf dem Jährling schon gebracht hatte, machte tagsüber ihr Praktikum beim Nationalpark, ging gegen Abend oft mit ihren Stiefeltern zum Hennenkobel und genoss mit ihnen gemeinsam Einsamkeit und Frieden dort oben. Abends war es bei den Esterls meist üblich, dass gelesen wurde. Anna verschlang alles was mit den Themen Nationalpark, Natur und Bayer- oder Böhmerwald zusammenhing.

Außerdem hatte Anna den Böhmerwalddichter Karl Klostermann für sich entdeckt. Eva hatte ihr Interesse an dem tschechisch-deutsch schreibenden Böhmerwäldler noch genährt und ihr immer wieder Lesetipps und –material gegeben.

„Wenn du wissen willst wie es hier und im Böhmerwald vor 150 Jahren ausgeschaut hat musst du Klostermann lesen. Er hat die Dinge so beschrieben, wie sie waren, nichts hat er geschönt, nichts romantisiert.

Das Leben hier und besonders in den Hochlagen war hart, manchmal brutal. Und trotzdem sind die Waldler mit ihrer Heimat verwurzelt gewesen wie kaum ein anderer Menschenschlag. Wenn sie in die Fremde mussten, schlugen sich die meisten der Waldler zwar prächtig, viele von ihnen brachten es zu etwas. Das Heimweh aber blieb.

Heute noch kehren viele dem Wald den Rücken, weil es keine Arbeit gibt für sie, oder keine entsprechend qualifizierte. Wenn die können, kommen sie zurück. Schau dir doch deinen Onkel an. Wenn der in München bestimmte Lieder aus seiner Heimat gehört hat, standen ihm die Tränen in den Augen. Und schau dir wieder, immer wieder den Klostermann an. Er war Lehrer in Pilsen, aber wo war er in den Ferien? Immer, wenn er konnte, ist er in den Böhmerwald gefahren, keine Minute hielt es ihn in der Stadt.

„Tief drin im Böhmerwald" von Andreas Hartauer war eines der Lieder, die den Max so berührt haben, als wir noch in München lebten oder „Wenn hoch i drobn am Arber steh", alle diese Lieder, diese sentimentalen Volkslieder handeln von der Liebe, aber nicht von der erotischen Abteilung, sondern von der Liebe zur Heimat. Die Amerika-Auswanderer aus dem Wald haben sich in der neuen Welt extra eine Hymne gegeben, das Amerika-Lied. Vordergründig scheint dieses Lied sogar fröhlich zu sein, aber im Hintergrund schwingt da eine ganz andere Melodie.

Frag den Max, der lernt dir diese Lieder gern, liebend gern sogar, ich sing sie schon deshalb nicht, weil ich den Dialekt nicht kann, aber du, du hast dir in der kurzen Zeit schon einen ganz schönen Bayerwaldslang angewöhnt."

Das war eine feine Anspielung. Anna war zwar in der alten Münchener Stadtmundart aufgewachsen, die heute kaum mehr einer in München sprach, aber sie hatte sich in Berlin sehr schnell ans Hochdeutsche gewöhnt. Ebenso schnell aber hatte sie dies wieder abgelegt. Anna war dabei eine Waldlerin zu werden. Ihr großes Vorbild schien Max zu sein. Solange Anna nicht auch noch das „Kruminale", den Lieblingsfluch des Ex-Kommissars übernahm, war das o.k., fand Eva.

Obwohl die gestürzten Diphthonge, das „oa“ und das „ou“ schon sehr gewöhnungsbedürftig waren! Andererseits freute sich Eva als Sprachkundlerin darüber, dass der Dialekt hier noch so rein und unverfälscht war. Hoffentlich blieb das lange so.

Anna beschloss, den Max mal zu fragen, ob er diese Waldlerlieder nicht weitergeben wolle. Luise und sie hatten sich vorgenommen, beim nächsten Schachtenaufenthalt ihre Instrumente mitzunehmen und sich so einige der Abende zu verschönen, Luise spielte Gitarre, Anna Geige. Da konnten die beiden auch Lieder vom Max üben.

Jährling II und III

Der nächste Schachtenaufenthalt von Anna und Luise gestaltete sich anders, nicht nur vom Wetter her. Seit Wochen war es nun schön gewesen und es blieb auch so. Unten im Tal stöhnten die Menschen unter den Temperaturen, hier oben war´s nicht ganz so schlimm, vor allem die Nächte brachten Abkühlung. Das Vieh allerdings litt. Weniger weil es so warm war, sondern vielmehr unter den Insekten. Fliegen, Rossbremsen und alles Mögliche andere Geschmeiß machten den Tieren zu schaffen. Außerdem war eine von zwei Quellen versiegt aus denen die Tiere getrunken hatten.

Obwohl Tourismushochsaison war, spürten die beiden Schachtenwächterinnen kaum etwas davon. Wenige Wanderer verirrten sich auf den Jährling.

Gegen Abend übten die beiden jungen Frauen immer auf ihren Instrumenten. Das Zusammenspiel klappte gleich ganz gut, vor allem in ihren Tieren fanden sie begeisterte Zuhörer: Alle Rindviecher versammelten sich direkt in der Nähe des Wohnwagens und sahen aus als ob sie andächtig zuhörten.

Zwei Mal schon war Max heraufgekommen, jedes Mal hatte er seinen „Schachtnerinnen", wie er sie nannte, etwas Süßes mitgenommen: Buchteln, das böhmische Hefegebäck, das er an seinem Ausgangspunkt in Spiegelhütte noch bei der Straßner-Wirtin erworben hatte. Sie stammte aus Stubenbach und keine machte die Buchteln besser.

Das erste Mal hatte Max mit den beiden Praktikantinnen gesungen, bis in den Abend hinein. Die alten Lieder, die Max in seiner Kinder- und vor allem Jugendzeit noch gelernt hatte, später dann auch in den Wirtshäusern.

Lieder, die in seiner „Beatgeneration“ eigentlich verpönt gewesen waren. Max hatte sich – zum Glück – auch damals schon nicht um Konventionen geschert und so hatte er sich einen schier unendlichen Liedschatz angesungen.

Er freute sich, dass er die Lieder endlich weitergeben durfte und die beiden Musikantinnen freuten sich, dass sie lernen durften. Sie hatten so lang gesungen, dass Anna und Luise Bedenken hatten, als Max sich auf den Weg ins Tal machte. Es war, obwohl fast die Sonnenwende erreicht war, schon ziemlich finster und bis Max unten beim Auto sein würde, musste stockdunkle Nacht herrschen.

Auf die Einwände der beiden lachte Max nur und verwies auf die Schmuggler, hierzulande „Pascher“ genannt.

„Die mussten mitten bei der Nacht über d´Grenz und haben´s auch geschafft. Meistens jedenfalls. Und wenn ich mich verlauf, erfrieren werd ich auf alle Fälle nicht.“ Damit spielte Max auf die Hitzewelle an, die auch den sonst im Sommer kühlen Bayerischen Wald endgültig erreicht hatte.

Beim zweiten Mal brachte Max einen Gast mit, den die beiden Schachtnerinnen nicht kannten. Den Tischler Pepperl, den Musiklehrer, hatte er zufällig auf dem Weg zum Jährling getroffen und sie waren gemütlich ratschend zum Schachten hochgestiegen.

Pepperl hatte auf der Veranda des Wohnwagens, die die tüchtige Luise gezimmert hatte, gern eine Halbe Bier getrunken. Und er hatte, als er merkte, dass gesungen und gespielt wurde, sich mit seinem wunderbaren Bariton dazugesellt. Es war ein himmlischer Abend geworden, wie Luise später sagte. Die vier hatten viel gelacht, vor allem dann als der Pepperl ihnen einige böhmische Lieder beibrachte.

„Ich komme wieder", hatte Pepperl gesagt, als er und Max sich verabschiedeten. „Und dann nehm ich meine Geige mit und dann geht´s auf."

Schnell gingen auch diese drei Wochen zu Ende. Anna freute sich aufs Duschen und auf die Frühstückssemmeln, die Max am Wochenende immer holte.

Als Eva sie fragte, wie sie es diesmal ausgehalten habe, erhielt sie zur Antwort:

„Wenn´s nach mir ginge, könnten wir gleich am Montag wieder hinauf."

Ihr Wunsch sollte in Erfüllung gehen.

Am Sonntagmittag hatte Max seine zwei Frauen zum Mittagessen eingeladen. In die „Marktstube am Anger", ein kleines Speiselokal, das Eva und ihr Mann immer öfter besuchten. Der Wirt kochte und die Wirtin bediente. Max hatte wie fast immer das fein gewürzte zarte Lamm genommen, allerdings auf Anraten von Eva eine kleine Portion.

„Merkst du es nicht, Max, du wirst zu dick."

Mit einem Brummen hatte Max zugestimmt. Er wusste selber, dass es ihm zu gut ging. Also eine kleine

Portion. Dafür konnte er sich sicher ein zweites Pils leisten.

Aus den Augenwinkeln beobachtete der Ex-Kriminaler, wie sich bei der Bestellung des zweiten Biers Evas Mund zu einem spöttischen Lächeln kräuselte und sie fast unmerklich den Kopf schüttelte.

„Wenn´s halt so gut schmeckt", war seine Reaktion.

„Dann wundere dich nicht."

Max senkte den Kopf. Die Nachspeise aber war schon bestellt. Gewicht hin oder her. Morgen würde er anfangen mit der Zurückhaltung.

Kaum hatten sich die drei nach dem Dessert, einem leichten Sorbet auf Waldfrüchten, mit den Servietten den Mund abgetupft, da klingelte Annas Handy.

„Kruminale, welcher Idiot ruft am Sonntagmittag zur Essenszeit an?"

Als Max merkte, dass jemand vom Nationalpark dran war, sah er seine Vorurteile wieder einmal bestätigt. Da er gerade zu einer Schimpfkanonade ansetzen wollte, legte ihm Eva leicht die Hand auf den Arm und flüsterte ihm „das ist wirklich wichtig" zu.

„Ja", sagte Anna gerade, „ja, das geht schon. Wenn die Luise das macht, sag ich nicht nein. Ja, am Montag früh, ihr holt uns ab. Ja, einkaufen muss ich schon noch, das ist jetzt doch etwas überraschend für mich. Aber das dauert nicht lang. Meine Wäsche kann mir mein Onkel nachbringen, der freut sich bestimmt, wenn er einen Grund hat uns zu besuchen. Der freut sich immer, wenn er in den Nationalpark darf."

Anna schenkte Max ein schelmisches Lächeln. Jetzt war die schon fast genauso, wie ihre Tante!

„Und sag bitte den anderen beiden „Gute Besserung“. Sie sollen sich erholen. Notfalls bleiben Luise und ich auch noch länger. Kein Problem.“

„Wenn ich das richtig mitbekommen habe, bist du auch die nächsten Tage auf dem Schachten.“

„Ja, die beiden anderen Praktikantinnen haben sich irgendeinen Virus eingefangen. Die kotzen sich den Magen aus dem Leib. Oh, Entschuldigung“, sagte Anna mit einem Seitenblick auf die noch nicht abgeräumten Dessertteller.

„Ich brauch jetzt einen Schnaps“, bestellte Max ohne die resignierenden Blicke seiner Frau zu beachten, die wieder den Kopf schüttelte.

„Dann fahren wir heim und ich mache mich an die Schmutzwäsche.“

Die praktische Eva.

***

„Du Zempfeneger, schau dass du den Bogen gscheit hältst“. Das waren die Worte, mit denen der Musiklehrer Tischler Pepperl die Anna beim Geigenspiel korrigierte. Zuerst war Anna etwas konsterniert gewesen ob der sehr direkten Art des Lehrers.

„Der unterrichtet am Gymnasium?“, hatte sie gedacht, „mein Gott, seine Schüler, was machen die mit!“

Schon nach wenigen Stunden aber war Anna klar geworden, welcher Kern in dieser scheinbar ungehobelten Schale steckte: Höchst musikalisch und ganz sensibel war dieser Kern. Und Anna hatte schnell gemerkt, dass sie vom Pepperl, dessen Vater gleich überm Grenzkamm in Stubenbach schon vor dem Krieg zum Tanz aufgespielt hatte, dass sie von diesem alten böhmischen Musikanten viel profitieren konnte.

Schon zwei Mal war der Pepperl herobennen gewesen, jedes Mal mit einem Flascherl Riesling, das er, wegen der Kühlung, gut in Zeitungspapier eingewickelt hatte. Einmal sogar war seine Frau dabei gewesen, und beide Male hatten sie gesungen und gespielt, dass es eine Freude war. Bald harmonierten die zwei Geigen so gut, als hätten sie schon lange zusammengespielt. Am zweiten Abend waren zwei Tschechen vorbeigekommen, rein zufällig wie sie sagten, angelockt von der Musik, und hatten ihnen eine halbe Stunde andächtig zugehört.

Auf ihre Frage, ob sie wiederkommen dürften, denn sie wohnten nicht so weit entfernt, in Prášily, antwortete Pepperl, die singende tschechische Tonfarbe nachahmend: „No, sakra, natierlich könnens kommen, aber dann missens auch singen."

Die Tschechen versprachen das und machten sich lachend auf den Heimweg.

Da die beiden anderen Praktikantinnen noch immer nicht gut beinander waren, übernahmen Anna und Luise deren ganze Schicht, ihre eigene hängten sie dran und so blieben die zwei gleich mehrere Wochen auf dem Jährling. Pepperl und Max kamen immer häufiger, die Tschechen besuchten sie auch regelmäßig und brachten sogar Deutsche mit. Es waren schöne Abende. Nur Feuer durfte man nicht mehr machen. Die Waldbrandgefahr war zu groß geworden.

Im Laufe der Zeit erfuhren die Schachtnerinnen woher ihre Besucher von drüben kamen. Sie waren Mitglieder beim „Roten Herz“.

Anna muss bieseln: „Pozor – Kein Zutritt!“

„Rotes Herz.“

Auf diese Eröffnung hin war Anna zunächst sehr zurückhaltend gewesen. Der Auftritt des Gurus im Glasmuseum war ihr noch zu gut in Erinnerung. Aber die Musik verbindet. Sogar über ideologische Grenzen hinweg.

Die „Jünger des Roten Herzens“, wie Anna und Luise sie etwas spöttisch nannten, erwiesen sich, was die tschechische Fraktion anbelangte, als textsicher, die Deutschen brummten ein wenig mit. Trotzdem kamen sie wieder, also musste es ihnen gefallen haben. Wenn nicht, wäre es den beiden Schachtnerinnen auch egal gewesen.

In einer der Nächte, Max und Pepperl hatten schon sehr früh ins Tal gemusst und damit den musikalischen Teil des Abends beendet, begann eine große Diskussion um die Ziele und den Nutzen des Nationalparks. Die beiden Praktikantinnen verteidigten ihre Ideale, die vom Roten Herz versuchten ihre Idee darzustellen, die Idee einer sanften Bewirtschaftung des Waldes. „Ihr macht das ja auch schon ganz gut hier heroben“, lobte einer der deutschen Rotherzler, ein sympathisch aussehender Oberpfälzer, der sich als Jackl vorgestellt hatte. „Die Wiederbeweidung der Schachten ist schon ein Schritt in die richtige Richtung. Aber ihr solltet noch weitergehen.“

„Und wie stellt ihr euch das vor?“

„Kommt doch mal bei uns in Prášily vorbei, schaut euch an wie wir leben, redet mit Viktor, dann singen wir zusammen, einige unserer tschechischen Rotherzler, die ihr noch nicht kennt, die singen ganz einmalig. Tschechische Lieder. Dazu ein Bierchen. Pilsener Urquell oder Gambrinus. Und ein Gästezimmer haben wir auch, ihr braucht nicht einmal in der Nacht heimlatschen, so wie wir jetzt."

Anna und Luise schauten sich an. Anna war schon neugierig. Sie hatte ja die Rede des Gurus in Frauenau erlebt. Wie der wohl in Wirklichkeit war?

„Kann man bei euch duschen?"

Diese Frage hatte Luise gestellt, sie hätte aber genauso von Anna kommen können. Die Wärme der letzten Tage hatte das Bedürfnis nach einer Dusche bei den beiden noch erheblich gesteigert.

„Natürlich kann man. Wir leben einfach, aber nicht spartanisch. Im Gästezimmer oben ist zwar keine Nasszelle, aber einen Stock tiefer im Erdgeschoß sind drei Gemeinschaftsduschen, da könnt ihr pritscheln nach Herzenslust."

Damit stand der Entschluss der beiden Praktikantinnen fest.

„Übermorgen besuchen wir euch. Passt das?"

Die beiden Praktikantinnen hatten heute ihre Kontrollen und Messungen etwas schneller als sonst erledigt. Die Aufzeichnung der Regenmenge war seit Wochen schon ziemlich einfach:

Ein Strich in der Tabelle zeigte an, dass kein Tropfen gefallen war. Ganz ungewöhnlich im Bayerischen und Böhmerwald und noch ungewöhnlicher in dieser Höhenlage. Wanderer hatten berichtet, dass der Wasserspiegel des großen Frauenauer Trinkwasserspeichers sich schon um einige Meter gesenkt hatte und dass die Menschen sich Sorgen machten.

Luise sperrte den Wohnwagen zu und die beiden machten sich auf den Weg, den alten Böhmweg, heute auch Guntherweg genannt, über Steindlberg nach Prášily. Luise hatte einen Rucksack geschultert, in dem Kleidung zum Wechseln, Schlafanzüge und ihr Toilettenzeug waren, Anna trug ihre Geige. Gitarren, so hatte Jackl ihnen bedeutet, gebe es in Stubenbach viele.

Früher Nachmittag war es, alles flirrte vor Hitze, die beiden hatten mit Schwärmen von Mücken und mit Bremsen zu kämpfen, die sich ihnen an die Fersen hefteten und sie hartnäckig sekkierten.

Der Weg war so, wie die Rotherzler ihn geschildert hatten: bequem und gar nicht weit. Schon nach einer knappen halben Stunde erreichten sie die Grenze. Von dort oben, vom Fuß des Steindlbergs aus hatten sie einen schönen Blick zum Poledník, dem Mittagsberg, dessen Gipfel ein monumentaler Aussichtsturm überragte: ein Relikt aus dem Kalten Krieg. Max hatte ihnen davon erzählt, als sie auf dem Felsen am oberen Ende des Jährlings gesessen waren und hinüber geschaut hatten. In den Zeiten des Kalten Kriegs war dieser Turm ein Beobachtungsturm gewesen, Tag und Nacht besetzt. Die Schilderungen vom Max und vor allem vom Tischler Pepperl aus dieser Zeit, in der die Grenze dicht war und sich zwei Systeme waffenstarrend gegenüber standen, die Geschichten, die die beiden wussten, ließen Anna und Luise manchmal erschaudern.

Den Poledník hatten die zwei jedenfalls auch auf ihrer Agenda, der Rundblick von dort sollte großartig sein. Aber heute hatten sie was anderes vor.

Der Weg hinunter nach Stubenbach war auch nicht weit. Eine dreiviertel Stunde später tauchten die ersten Häuser des Dorfes auf. Nach der Beschreibung des Oberpfälzers mussten sie sich noch vor dem eigentlichen Ort links halten.

Tatsächlich sahen sie bald einen Feldweg nach links abbiegen.

„Schau, hier ist das Herz." An einem uralten Spitzahorn war ein rotes Keramikherz angebracht. Nach ungefähr zweihundert Metern waren die beiden am Ziel.

Zwischen alten Obstbäumen duckte sich ein Haus im typischen Böhmerwaldstil mit schindelbeschlagenem Krüppelwalmdach, geöffneten kleinen Fenstern und einer Gred aus behauenen Steinen, auf der überall irdene Blumentöpfe standen. In einen großen Steintrog neben der Gred floss –trotz der Trockenheit- ein Brunnen, daneben sahen die Praktikantinnen einen umzäunten Bauerngarten, ein kleines Kartoffelfeld schloss sich an, dahinter lag eine Weide, auf der Schafe und Ziegen grasten.

Als die Viecher auf die Neuankömmlinge aufmerksam wurden, kamen sie bis an die Umzäunung heran, ein buntes und überaus neugieriges Begrüßungskommando.

Eine Idylle tat sich da vor ihnen auf.

An der Holztür war auch wieder ein rotes Herz aus Keramik angebracht mit den Inschriften „Rotes Herz“ sowie „Červené srdce“. Sie waren da und Anna hatte sofort den Eindruck, als wäre sie schon einmal hier gewesen. Déjà-vu!

Luise betätigte die Handzugglocke neben der Haustür und ließ es drei Mal kräftig bimmeln.

Die Tür wurde geöffnet, Jackl, der Oberpfälzer, begrüßte die „Moidla aus der Nachbarschaft“, wie er sie nannte, überaus freundlich und führte sie in die „Stub`n“, die offensichtlich dem „Roten Herzen“ als Gemeinschaftsraum diente. Jetzt, am Spätnachmittag, so erklärte Jackl, seien noch alle beim Arbeiten. Entweder draußen bei den Tieren oder im Garten oder beim Weben, der Viktor sei sicher in seinem Keramikatelier.

Anna und Luise waren beim Eintreten in die Stube schon die vielen schönen Keramik-Werkstücke aufgefallen, die der Stube eine ganz besondere Note verliehen. Die Schüsseln, Tassen, Teller und Vasen trugen teils traditionelle Muster, andere waren aber auch ganz phantasievoll gestaltet und bemalt.

Auffällig viele Muster enthielten rote Herzen auf weißem Grund oder umgekehrt, weiße Herzen auf Rot.

Als Jackl sah, wie interessiert die beiden Besucherinnen die Keramikerzeugnisse musterten, erklärte er: „Die macht der Viktor. Er hat das Rote Herz gegründet und hält es zusammen. Mit seinen Keramikarbeiten bringt er auch einen Großteil unserer Finanzen ein. Er ist ein Genie. Gefallen euch seine Arbeiten?“

Anna und Luise staunten über das was sie sahen. Auch die Webarbeiten fanden sie recht hübsch, die Keramik aber war faszinierend.

Nach einem kleinen Begrüßungstrunk („Hollerblütensaft mit Böhmerwaldquellwasser“) verließen die drei die Stube. Jackl war ganz begierig darauf, alles herzuzeigen und zu erklären.

„Das Rote Herz besteht aus Tschechen und Deutschen. Gegründet hat es, wie gesagt, der Viktor. Er hatte in seinem Beruf bei der Wacker-Chemie in Burghausen die Schnauze voll. Zuviel Stress.

Die Chemische Industrie hat damals Personal abgebaut und Viktor hat die Situation genutzt: Er hat sich mit seiner recht beachtlichen Abfindung eine Auszeit genommen, die er im weltabgeschiedensten Winkel des Böhmerwaldes verbringen wollte. So ist er vor über zehn Jahren nach Stubenbach gekommen. Nichts als Ruinen hier. Prášily war in der Zeit des Kommunismus militärisches Sperrgebiet, Panzerübungsgebiet, einige der Häuser dienten als Quartiere, die anderen als Ziele. Sogar die Kirche haben sie gesprengt, die Gruft der Glasmacherfamilie Abele in Hurkenthal (Nová Hůrka) haben sie zerstört.

Seit der Wende aber haben sich nach und nach wieder Menschen hier angesiedelt. Die Immobilienpreise waren günstig, sehr günstig sogar. Die Abfindung, die Viktor von seiner Firma gekriegt hat, reichte auf alle Fälle für das Haus hier und für einige Hektar Grund.

Geholfen hat dem Viktor dabei ein tschechischer Bekannter, der Václav, Vašek nennen ihn hier alle.

Der hatte die Beziehungen und das Know how. Er und seine Frau, die Zdenka wollten auch aussteigen, hatten aber das Geld nicht. Win-win-Situation sozusagen. Die drei und ich sind der harte Kern des Roten Herzens, quasi unsere Herzkammer. Wir bleiben auch das ganze Jahr hier, Sommer wie Winter. Die anderen kommen meist in den Sommermonaten oder über Weihnachten. Es sind insgesamt so um die zwanzig Leute, Männer und Frauen, Tschechen wie Deutsche, die zum Roten Herz gehören. Der Vašek und die Zdenka haben uns den Schriftsteller Karl Klostermann nahe gebracht und seine Romane haben uns immer wieder inspiriert. So, wie er es beschrieben hat, so wollten wir leben."

„Die Vorzüge der Jetztzeit aber genießt ihr durchaus. Zum Beispiel die Dusche. Ein Telefon hab ich auch gesehen. Und den Brennofen für die Keramik werdet ihr nicht mit Holz heizen. Temelin lässt grüßen."

Die vorlaute Luise.

„Ja natürlich. Wir sind keine Ideologen. Wir sind Pragmatiker. Vieles aber haben wir uns tatsächlich bei Klostermann abgeschaut, auch unser Name stammt von ihm."

„Das Rote Herz, wir wissen. Aber die Geschichte dazu haben wir noch nicht gelesen."

„Würde ich auf alle Fälle empfehlen."

Die drei waren in der Flez, dem langen Flur nach hinten gegangen und kamen zu einer Tür mit der Aufschrift „Keramik".

„Da ist die Werkstatt vom Viktor."

„Dürfen wir rein? Schauen?"

„Seht ihr nicht was unter der Aufschrift steht?"

„POZOR!", stand da in Großbuchstaben und daneben „KEIN ZUTRITT!".

„Der Viktor kann sich nicht konzentrieren, wenn ihm dauernd welche über die Schulter schauen. Das Arbeiten mit Ton ist ein äußerst kreativer Prozess, da will er allein sein. Immer. Wir respektieren das. Sonst ist der Viktor durchaus gesellig, er wird sich sicher heut Abend noch zu uns setzen. Aber mit seiner Werkstatt kennt er keine Ausnahme. Oft geht er am Morgen rein und kommt erst abends wieder raus. Ihr seht ja was er schafft. Kunstwerke. Kunstwerke, die Geld bringen."

„Schade, das hätten wir gern gesehen, wie euer Herzober töpfert."

Was hatte Luise nur, dass sie zum Jackl gar so schnippisch war? Sollte da etwas sein…?

Jackls Stimme riss Anna aus ihren Überlegungen.

„Hier rechts ist der Raum für den Webstuhl. Das ist Zdenkas Reich. Sie webt die Stoffe und verarbeitet sie auch, zum Beispiel zu Hemden und Kleidern. Die Zdenka ist momentan grad nicht da. Musste für einige Tage nach Prag.

Wo die beiden Werkstätten sind, war früher der Stall. Den haben wir ausgebaut und gut isoliert. Und einen neuen Stall gebaut. Hinter dem Haus. Das ist mein Reich. Ich stamme von einem Bauernhof im Lamer Winkel, auch an der böhmischen Grenze, nur etwas weiter nördlich von hier und ich kenn mich aus in der Landwirtschaft."

Voller Stolz zeigte Jackl den beiden den modernen Stall, der allerdings jetzt, untertags, leer war.

„Alles ökologisch, unsere Tiere sind glücklich."

Durch eine Hintertür verließen die drei das Haus, Jackl zeigte den Stall, ein Gewächshaus, den Bauerngarten, das Feld, die kleine Ziegen- und Schafherde: All das machte einen großen Eindruck auf die beiden Gäste. Besonders Luise schien begeistert.

Die Begeisterung von Luise war im Laufe des Abends noch gewachsen und auch Anna fühlte sich sehr wohl beim Roten Herz in Stubenbach.

Das Abendbrot hatte aus lauter Gemüse und Früchten aus dem Gewächshaus und vom Garten der Rotherzler bestanden und die beiden jungen Frauen hatten herzhaft zugelangt. Besonders die Butterbrote hatten es ihnen angetan, das Brot war im eigenen Hofbackofen gebacken, die Butter in der eigenen, kleinen Käserei produziert worden, ebenso wie der Ziegenkäse, der dazu gereicht wurde.

Die Unterhaltung hatte sich um das Rote Herz gedreht, der große Tisch in der Stube war voll gewesen, wer keinen Platz mehr fand, setzte sich auf das alte Sofa im Eck oder suchte sich sonst eine Sitzgelegenheit. Alles ging recht zwanglos zu, manchmal wurde Tschechisch gesprochen, meist aber, vielleicht aus Rücksicht auf die Gäste, redete man Deutsch.

Es mochten etwa fünfzehn Personen sein, die in der Stube Platz gefunden hatten. Fast alle waren sie so bekleidet, wie Anna damals bei der Nationalparkdiskussion den Viktor erlebt hatte: etwas altmodisch, aber leger und trotzdem stilvoll.

An einigen der Kleidungsstücke entdeckte Anna ein gesticktes, stilisiertes rotes Herz. Sie produzierten also wirklich sogar ihre eigene Kleidung. Wenn das Zdenka designt hatte, musste sie Geschmack haben. Respekt!

Nur einer war nicht da: Herzober Viktor. Er habe noch zu tun, Probleme mit dem Brennofen, ein Auftrag müsse fertig werden. Viktor kam erst ziemlich spät am Abend, begrüßte kurz die Gäste und verschwand dann bald wieder. Grau sah er aus und älter, als ihn die Anna von der Frauenauer Podiumsdiskussion her in Erinnerung hatte.

„Fein, dass ihr gekommen seid, auf gute Nachbarschaft“, brummte er, als er ging.

Der Abend war schön geworden, sehr schön. Sie hatten viel gesungen, bayerische wie böhmische Lieder, einer von den Tschechen hatte sich als Meister auf der Gitarre entpuppt, eine von den Frauen, auch eine Tschechin, hatte eine schöne Altstimme, zwischendurch spielte Anna auf der Geige, begleitet von Luise und dem Tschechen. Zur Überraschung besonders der tschechischen Rotherzler, spielte Anna auch einige der Böhmischen Stücke, die sie vom Pepperl gelernt hatte.

Aus den Augenwinkeln beobachtete Anna, wie Luise, die sich neben Jackl gesetzt hatte, etwas häufiger mit ihm lachte und scherzte, als dies normal war. Bahnte sich da was an?

Anna hatte auf dem Jährling oft mit ihr gesprochen und sie wusste, dass Luise in der Liebe eine große Enttäuschung erlebt hatte und dass dies sogar mit ein Grund für ihren Gang in die Abgeschiedenheit gewesen war.

Jetzt hatte der Jackl, ein nicht unfescher Bursch, sogar die Hand um Luise gelegt.

„Schau, schau", sagte Anna zu sich. „Dieses Haus ist ja voller Überraschungen."

Was sie wohl sonst noch hier erleben würde?

Die nächste Überraschung ließ nur einige Stunden auf sich warten.

Luise hatte ihrer Freundin, als alle auf ihre Zimmer verschwanden, mit einem Augenzwinkern „musst allein vorgehen, ich komme nach", zugeflüstert und war mit Jackl verschwunden.

Anna war daraufhin leicht beschwipst ins Gästezimmer am Ende des Ganges im ersten Stock getappt. Aufs abendliche Zähneputzen verzichtete sie, dazu hätte sie nochmals nach unten müssen, wo Duschräume und Toiletten lagen. Die Türe des Gästezimmers versperrte Anna nicht. Luise wollte ja offenbar noch kommen und Angst hatte Anna keine. Bei solchen Leuten, mit denen sie in den wenigen Stunden fast schon Freundschaft geschlossen hatte! Außerdem sangen diese Leute. Böse Leute singen keine… .

Über diesen Gedanken schlief Anna bald ein.

Ein, zwei Stunden später wachte Anna auf. „Scheiße", war ihre erste Reaktion. Warum war sie nur nicht noch bieseln gewesen, bevor sie auf ihr Zimmer ging? Jetzt musste sie runter aufs Gästeklo im Erdgeschoß. Luise war schon da. Im Dämmerlicht, das der Mond in das Zimmer warf, konnte Anna erkennen, dass sie im Bett lag.

Einige Minuten lag Anna unschlüssig da, aber es half nichts. Sie musste.

Leise setzte sie sich auf, tastete mit ihren bloßen Füßen nach den Holzdielen und ging Richtung Tür, vorsichtig einen Schritt nach dem anderen machend: Nur niemanden aufwecken.

Draußen auf dem Gang fand Anna keinen Lichtschalter. Egal. Hier war es zwar ziemlich finster, doch bis zur Treppe konnte sie sich tasten, die Treppe selber sollte kein Problem sein und unten würde schon ein Schalter zu finden sein.

Anna war an der Treppe und wollte gerade hinunter, da stockte sie. Kam da nicht ein Geräusch von unten? Wie angewurzelt blieb Anna stehen.

Jetzt wieder Stille. Hast dich getäuscht. Zwei Schritte auf der Treppe. Wieder ein Geräusch. Anna wurde zur Säule.

„Das ist doch auch nur einer, der auf´s Klo muss", ging ihr durch den Kopf, aber irgendetwas ließ sie dennoch zögern.

Jetzt hörte sie leise Stimmen. Ein Flüstern. Es waren zwei, nein drei verschiedene Stimmen, die Anna hörte, Anna, die sich jetzt ans Treppengeländer drückte und nicht mehr zu atmen wagte, Anna, die jetzt sogar ein bisschen Schiss hatte. Ziemlichen Schiss!

Ob sie etwas von Onkel Max geerbt hatte? Ein Gespür für Gefahr? Aber sie beide waren ja gar nicht blutsverwandt. „So ein Schmarrn geht dir jetzt durch den Kopf", dachte Anna. „Halt still und spitz deine Ohren!", befahl sie sich selber.

Eine Stimme, die offensichtlich dem Viktor gehörte, sagte leise, aber bestimmt: „Also, ihr liefert das in Scheuereck ab, dort wartet ein Auto am Parkplatz, wie üblich. Morgen rechnen wir ab. Und übermorgen kommt ihr wieder, eine neue Fracht wartet dann. Same time, same station."

Vor Aufregung hatte Anna Mühe, nicht in die Schlafanzugshose zu bieseln.

Was die anderen beiden antworteten, konnte sie nicht mehr verstehen. Die machten sich auf den Weg, Anna hörte die Haustür knarzen. Blitzschnell huschte sie zurück ins Gästezimmer und eilte dort zum Fenster. Gerade noch konnte sie im fahlen Mondlicht einen Blick auf die zwei strammen Schrittes davonmarschierenden Unbekannten werfen: Der eine überragte den anderen um Haupteslänge. Beide trugen große, offensichtlich vollbepackte Rucksäcke und Hüte. Mehr konnte Anna nicht erkennen.

Luise war erwacht. „Was ist denn los?", fragte sie schläfrig.

„Ach, nichts."

Eine halbe Stunde wartete Anna noch, bis sie sich erneut auf den Weg zum Klo traute. Es war eine lange halbe Stunde. Der Harndrang war schier übermächtig.

Ermittlungen eingestellt

Kurz nach Sonnenaufgang schon machten sich Anna und Luise auf ihren Weg zurück zum Jährling. Die Unterhaltung der beiden Praktikantinnen drehte sich hauptsächlich um den Jackl. Luise war sich über ihre Gefühle noch nicht ganz klar. Sie wollte nicht noch einmal eine Enttäuschung erleben, „obwohl der Jackl schon der Richtige sein könnte."

„Unsympathisch ist er nicht", äußerte sich Anna. „Unsympathisch sind sie ja alle nicht, die Rotherzler, außer… ."

„Gell, du meinst den Viktor, den Herzober, bei dem hab ich auch irgendwie so ein Gefühl", bestätigte Luise. „Der Jackl sagt, Viktor ist früher anders gewesen, aber er hat zu viele Sorgen. Seine Keramikarbeiten sind wohl die Haupteinnahmequelle der Rotherzler. Die Webarbeiten gehen nicht so gut, obwohl sie superschön sind."

„Mir gefallen sie auch sehr. Wenn ich das Geld hätte, tät ich mir einiges kaufen. Aber unsere Praktikantenvergütung…du weißt ja selber."

„Ja, das Geld", nahm Luise den Gedanken ihrer Freundin auf. „Das ist auch das Problem des Roten Herzens. Sie brauchen zwar nicht viel, produzieren vieles selbst, aber trotzdem. Der Viktor schuftet Tag und Nacht in seiner Töpferei. So vereinsamt er, schließt sich in seiner Werkstatt ein und lässt niemanden mehr an sich ran. Das, sagt der Jackl, war früher wirklich anders. Da war er offener, viel offener."

Den Rest des Weges legten die beiden, in Gedanken versunken, schweigend zurück. Anna war unsicher, wie sie das bewerten sollte, was sie heute Nacht gehört und gesehen hatte.

Was verheimlichte Viktor seinen Mitbewohnern? Warum sollte er Keramiksachen nachts nach Zwiesel bringen lassen? Gab es denn noch Probleme mit dem Zoll, seit Tschechien Mitglied in der EU war? Sollte sie da nicht mal den Onkel Max fragen?

Am Jährling angekommen, machten die beiden Praktikantinnen ihre Morgenrunde, erledigten ihre Aufzeichnungen und legten sich nochmals für ein Stündchen hin, ehe sie die beginnende Hitze aus dem Wohnwagen vertrieb.

Max kam erst am übernächsten Tag. Annas Freude war groß als sie sah, dass Eva mit dabei war. Die beiden hatten eine kleine Brotzeit mitgebracht, die für sie alle reichte: Warmen Leberkäse aus einer der vielen sehr guten Metzgereien, die Zwiesel noch hatte und Zöpfl, resche, knusprige Salzzöpfl. Und dazu süßen Senf. Und Essiggurkerl.

Als Max die Warmhaltedose aufmachte, duftete es so unglaublich gut heraus, dass ihnen allen das Wasser im Mund zusammenlief. Anna rannte zu der Quelle, die noch nicht versiegt war und holte geschwind drei Flaschen Bier aus dem Tragl, das sie dort zum Kühlen gelagert hatten. Nationalparkpils vom Pfefferbräu in Zwiesel. Zwei für Eva, Luise und sie selbst, eine für Onkel Max. Der verzog zwar, als er den Namen

„Nationalparkpils“ hörte, das Gesicht, trank aber dann mit sichtlichem Genuss.

Die nächsten Minuten hörte man nichts als Essgeräusche, das Zusammenstoßen der Pilsflaschen und immer wieder zufriedene Seufzer. Erst als sie satt waren, entstand ein Gespräch.

Eva und Max erzählten die Neuigkeiten der letzten Tage. Eine Windraddiskussion war seit Wochen hochgekocht. Zwei Dutzend dieser Monster sollten in die riesigen, fast unberührten Wälder zwischen Bärnzell bei Zwiesel, Frauenau, Kirchdorf und Rinchnach gestellt werden. Die Stadtwerke München wollten dort ökologischen Strom gewinnen.

„Die kenn ich, die Münchner, Kruminale“, ereiferte sich Max. „Sie selber markieren die feinen Pinkel, nichts darf ihre Lebensqualität stören. Sollen die sich doch ihren Windpark auf den Olympiaberg stellen, da weht auch der Wind. Und dann brauchen sie keine Stromtrasse. Das Umland wird nur ausgenutzt. Den Flughafen nach Erding, das Atomkraftwerk nach Ohu, das Trinkwasser aus dem Leitzachtal und jetzt einen so riesigen Windpark in den Bayerwald, damit uns Waldlern das Ohrensausen nicht vergeht. Schaut runter“, forderte Max die anderen drei auf, als sich von deren Seite Proteste gegen seine Anschauungen regten.

„Von hier aus sieht man genau hin. Dort sind die Berge zwischen Frauenau und Rinchnach, dort hinten ist der Wagensonnriegel. Stellt euch jetzt einmal 24 oder 28 dieser Spargelstangen dazwischen vor:

Möglichst hochgestellt natürlich, denn sie sollen ja effizient sein und viel Wind einfangen.

Und dann der Verkehr. Das ganze Gebiet wird erschlossen durch Straßen. Gegen den Ausbau der Straße zwischen Frauenau und Klingenbrunn haben sie protestiert, die Grünen und Alternativen. Wegen einigen Dutzend Bäumen. Das war ein Klacks gegen den Alptraum, den der Windpark verursachen wird. Kruminale."

Max war immer fuchtiger geworden. Die Gegenargumente der drei Frauen von den Gefahren des Atomstroms, von dem Beitrag, den schließlich jeder zu leisten habe, fruchteten nicht.

Schließlich kam Max zum Kern seines Widerstands:

„Dort hinten sind schließlich meine besten Schwammerlplätze: Woizerl, Rehgoiß, Stockschwamma, Zigeuner, Rotkappen, alles hab ich da schon gefunden. In Zukunft werd ich tote Vögel finden. Geköpfte, zerrupfte, zerdätschte Vögel. Tot. Der Klostermann…der Klostermann, der hätte… ."

„Ja, wir wissen", ergänzten die drei Frauen fast gleichzeitig, „der Klostermann hätte sich im Grab umgedreht."

„Schneller als ein Windrad im Sturm." Das war die vorlaute Luise gewesen.

Das folgende, lang anhaltende Lachen löste die Spannung und die Gespräche verliefen wieder friedlich.

Als Eva und Max sich verabschiedeten, zog Max noch ein kleines rotes Büchlein aus dem Rucksack: „Ach ja, das hätt ich beinahe vergessen. In diesem Erzählband von Karl Klostermann findet ihr die Geschichte „Das rote Herz". Wenn ihr mal Zeit habt da heroben, dann lest. So nah wie hier werdet ihr dem Klostermann wohl sonst kaum kommen."

Damit verabschiedeten sich Eva und Max. Sie marschierten in die beginnende Dämmerung hinein nach unten und Anna sah ihnen lange nachdenklich nach.

Die Geschichte mit den Keramikschmugglern, so fiel ihr jetzt ein, hatte sie gar nicht erwähnt. War vielleicht auch nicht so wichtig.

Auch Eva und Max hatten eine Geschichte nicht erwähnt: Die vom Fritzi. Der hatte, nachdem ihn die tschechische Polizei entlassen hatte, wieder nach Zwiesel zu Mutter und Schwester gefunden. Erst schien alles gut zu gehen, Kathi hatte Max freudestrahlend erzählt, dass er sogar eine Lehrstelle bekommen hatte, „in der Hütte", bei „Zwiesel-Kristall", der großen Zwieseler Glasfabrik hatte Fritzi anfangen können.

Max wollte die Freude von Kathi nicht trüben, drum sagte er nichts, äußerte keine Zweifel. Die Zeit des Nachforschens hatte er gern investiert, die Begegnung mit seinem alten Kollegen und neuen Freund Holub in Pilsen war amüsant gewesen, die mit Irmi-Jennys Gorillas in Železná Ruda weniger amüsant. Eine Null unterm Strich, das war zu seiner aktiven Dienstzeit öfter vorgekommen.

Die Befürchtungen von Max sollten sich bestätigen. Fritzi fand in seine alten Kreise zurück und konsumierte wieder. Das Schlimmste daran war, so hatte

Ludwig Rindl, der Vizepolizeichef bestätigt, dass die Droge Crystal seit kurzer Zeit auch in Zwiesel wieder leicht, billig und in jeder Menge zu erwerben war.

„Unsere Schleierfahnder fischen viel heraus, seit wir die Straßenkontrollen im Grenzbereich nochmals verstärkt haben. Du glaubst gar nicht, wieviel. Trotzdem wird das Zeug billiger und überschwemmt uns. Grade Zwiesel! Wenn das so weitergeht, haben wir in der nächsten Zeit jede Menge Junkies hier. Und Drogentote."

Max dachte lange über Ludwigs Worte nach.

Als Max kurze Zeit später wegen des bevorstehenden Opernbesuchs mit Holub in Pilsen telefonierte, sprach er den Tschechen auf die neue Situation an. Der bestätigte Rindls Worte: „Weißt du, Max, is auch fir uns Retsl. Retsl mit keine Lesung. Frihr war Produktion in Plzeň odr Prag. Jetzt auch auf Land. Crystal geht so einfach. Kleins Labor in Hinterkammerl genigt. Sogar fahrbare Labor geht. In Kleinbus. Alles schon gehabt. Sakra práce."

„Verfluchte Arbeit." Max kannte den Leib- und Magenspruch vom Pepiček.

Was sollte er, Max, da noch tun? Der Fritzi war ein Fall für die Therapie, davon mussten seine Verwandten und schließlich besonders auch er selber überzeugt werden. Mehr Engagement, als sich ein wenig umzuhören würde er nicht mehr zeigen.

Nachdem sich das winterliche „Missgeschick" von Bubi und Max in der Stadt Zwiesel herumgesprochen hatte, war Kathi sowieso nicht mehr auf das Thema zu sprechen gekommen. Vielleicht hatte sie sogar Schuldgefühle ihm gegenüber.

Max fühlte sich frei.

Ermittlungen eingestellt.

Bei Eva kam Max, als er ihr das mitteilte, seltsamerweise gar nicht so gut an.

„Ermittlungen eingestellt, Max, das klingt jetzt aber arg amtlich. Was ist mit der Familie, der Mutter, der Schwester? Und dem Fritzi?"

„Die sollen einfach ihre Kinder besser erziehen. Erst schieben sie ihnen alles hinten rein und dann wundern sie sich und alle anderen sind schuld, nur sie nicht."

Die Worte, mit denen sich Max Luft machen wollte, kamen bei Eva nicht gut an. Überhaupt nicht gut: „Du kannst so ungerecht sein, Max. Typisch Bulle! Du solltest gescheiter sein… ."

Wenn Eva ihn „Bulle" nannte, dann reichte es ihr. Max sagte nichts mehr.

Duschen in Stubenbach

Anna und Luise gingen jetzt öfter nach Stubenbach. Anna wegen der Dusche, Luise wegen Jackl und der Dusche, beide zusammen auch noch wegen der Musik und der schönen Gemeinschaft, die sie beim Roten Herz erleben durften. Das heißt, einen hatten die Praktikantinnen nicht gerade als besonders gesellig erlebt. Viktor kam immer nur für knapp eine Stunde in die Stube, um etwas zu essen, zu fragen und anzuordnen, dann sagte er kurz angebunden „hab noch zu tun", und verschwand.

Die anderen Gruppenmitglieder schienen das und die Führungsrolle des Herzobers zu akzeptieren. Viktor sicherte schließlich ihre Existenz hier oben.

Noch einmal hatte Anna eine merkwürdige Begegnung gehabt, diesmal war auch Luise dabei gewesen. Um ein wenig Abwechslung in ihren Speiseplan zu bringen und um ihrem Onkel Max eine besondere Freude zu machen, wollten sie ihm bei seinem nächsten Besuch einen Heidelbeerkuchen, einen „Hoibawagga" machen, Luise kannte das Rezept von ihrer Großmutter her.

Das heiße Wetter hatte dafür gesorgt, dass die „Hoiba" an einigen Plätzen schon jetzt vor der eigentlichen Zeit reif waren. Am hoch gelegenen Jährling würde man zwar noch zwei, drei Wochen warten müssen, aber an geschützten, sonnigen Hängen nur einige Höhenmeter weiter unten, da waren sie „zeitig", die köstlichen schwarzen Beeren.

Da der heutige Tag wieder sehr heiß werden sollte, hatten die zwei beschlossen, schon ganz früh zu einem Hoibaplatz zu gehen, den Luise einige Tage vorher entdeckt hatte. Er breitete sich in der Nähe des Taferlbaums aus, direkt neben dem Weg von Stubenbach zu einer viel tiefer gelegenen Lichtung mit dem grauslichen Namen „Totenschädel“. Von dort aus hatte man in die Ortschaften Scheuereck oder Spiegelhütte etwa gleich weit.

Kaum hatten die beiden sich direkt neben dem Weg niedergelassen und zu pflücken begonnen, da kamen zwei Männer den Weg vom Totenschädel Richtung tschechische Grenze getrottet, ihre Hüte ins Gesicht gezogen, große, aber offensichtlich leere Rucksäcke auf dem Buckel.

Die Männer, ein großer, der ein seltsames, viereckiges Gesicht hatte und ein viel kleinerer schienen nicht begeistert zu sein, dass sie hier zu so früher Stunde jemandem begegneten. Mürrisch erwiderten sie den Gruß der Frauen und beschleunigten ihre Schritte.

„Komisch“, begann Luise, nachdem die Männer hinter einer Wegbiegung verschwunden waren. „Komisch, so früh sind die hier heroben, wann sind die denn losgegangen, unten im Tal? Da war es ja noch stockfinster. Und die Rucksäcke waren leer oder fast leer. Soviel Rucksack und so wenig drin. Hast du den Großen gesehen? Der hat einen Schädel wie ein Nussknacker. Vor dem tät ich mich fürchten, wenn ich ihm allein bei der Nacht begegnete. Hinken tut er auch ein wenig. Wie der Leibhaftige.“

Anna sagte nichts. Luise hatte Recht. Komisch war das schon. Sie hätte schwören können, dass das dieselben zwei waren wie in ihrer ersten Nacht in Stubenbach. Den Nussknacker würde sie von jetzt an überall erkennen. Vielleicht sollte sie doch einmal mit Onkel Max reden.

Eigentlich war es aber auch wurscht.

„Was geht´s mich an“, seufzte Anna zu sich selber.

„Was meinst?“

„Ach, nichts, hab bloß laut gedacht.“

Der Hoibawagga wurde ein großer Erfolg. Onkel Max hatte den Tischler Pepperl mitgebracht und die beiden hatten sich mit so großem Appetit über die Mehlspeise hergemacht, dass die Köchinnen die größte Freude hatten. Am Schluss waren sie alle total satt da gesessen und hatten sich über ihre blauen Lippen, Zähne und Zungen schief gelacht, „Hoibaditschn“, wie Pepperl und Max sie nannten.

Gesungen hatten sie auch.

„Hinter dem Bergerl steht an Vodan sei Haus“, „Die böhmisch Musi“ vom Paul Friedl, „S´Zipfehäube“, „Wisst´s wo mei Hoamat is?“, „Drom im Robnstoaner Woid“, die „Nirschlarie“, alle die Lieder, die dem Max und dem Pepperl so vertraut und der Anna so neu waren. Besonders gefiel den beiden Schachtnerinnen das Couplet vom „Wenzel Tschiktschaktschek“, ein Zungenbrecher, in dem die tschechische Sprache ganz lustig verballhornt wurde.

Und Pepperl hatte vom alten Stubenbach erzählt, der Heimat seines Vaters und von den Schmugglern, den „Paschern". Zweimal pro Woche gingen sie von Stubenbach nach Zwiesel, holten dort ihre Ware, meistens Tabak, Zucker und Salz, gingen dann nachts hoch und über die Grenze. Immer wieder kam es dabei auch zu Konflikten mit der Grenzpolizei, selbst Schießereien, ja ganze Gefechte fanden statt.

„Der Weg der Pascher führte nicht weit von hier vorbei, der Taferlbaum dort drüben war einer ihrer Orientierungspunkte."

„Wenn es solche Pascher auch heute noch gibt, dann glaub ich, haben wir gestern welche gesehen.", meinte Luise.

„Geh spinn nicht, Luise, du siehst Gespenster. Ganz normale Wanderer waren das, sonst nichts." Anna wollte die Sache nicht an die große Glocke hängen. Die paar Keramiksachen. Wenn das dem Roten Herzen das Überleben sicherte.

„Aber der eine, der Nussknacker, der schaute schon verwegen aus."

Als Max das Wort „Nussknacker" hörte, stutzte er und fragte nach: „Nussknacker, wen meinst damit?"

Nach der genaueren Beschreibung durch Luise wusste Max sofort, wer damit gemeint war. Mit dem, einem Klein- und Gelegenheitskriminellen hatte er bei seinem ersten Fall schon zu tun gehabt. Der war also wieder unterwegs. Sein Rucksack war leer gewesen, also war der auf dem Rückweg gewesen.

Als Luise einige Zeit später mal auf das Häuschen musste, das die Nationalparkverwaltung ihnen in einiger Entfernung an den Waldrand gestellt hatte („alles ökologisch"), nutzte Max die Gelegenheit.

„Du, Anna, ich glaub das, was die Luise da eben gesagt hat ist nicht so falsch. Das könnten schon Schmuggler gewesen sein."

„Und du glaubst, es lohnt sich, das Keramikzeug zu schmuggeln?"

Als Max sie fragend anschaute, erzählte Anna von ihren Beobachtungen. Am gestrigen Morgen und vorige Woche beim Roten Herzen. Luise war inzwischen zurückgekommen, Max hatte ihr aber zugerufen, dass sie beide noch etwas Familiäres zu besprechen hätten und hatte Anna außer Hörweite geführt.

„Keramik zu schmuggeln lohnt sich sicher nicht. Sag mal, bist du so naiv? Geschmuggelt wird in der heutigen Zeit nur noch eine Ware."

Anna wurde blass.

„Drogen?"

„Ich fürchte, ja."

Anna und Max hatten vereinbart, der Luise vorläufig nichts zu sagen. Anna hatte Max von Luises Verhältnis mit Jackl erzählt: „Da ist schon mehr dahinter. Die Luise ist keine, die das so leicht nimmt. Und der Jackl ist ein ganz sympathischer. Der hat nichts mit Drogen zu tun. Bestimmt nicht."

„Glaub mir, Anna, in den Menschen kannst du dich gewaltig täuschen. Vielleicht weiß er aber auch wirklich nichts, euer „Bruder Jakob“. Hoffen wir´s. Für´s Luiserl. Halt die Augen offen, Anna, riskier aber nichts. Auf keinen Fall. Die Drogenszene ist gefährlich.“

Max merkte, dass er gerade so zur Anna gesprochen hatte, wie Eva sonst zu ihm sprach. Alles eine Frage des Standpunktes!

„Nochmals: Nichts zur Luise. Die würde es dem Jackl erzählen.“

Als sie sich ein wenig später verabschiedeten, ging es beiden nicht gut: Max, der mit großen Schritten abwärts ins Tal marschierte, weil er sich Sorgen um seine, ihre Anna machte, Anna, weil sie sich Sorgen um Luise und Jackl machte. Und weil sie ein wenig Angst hatte. Würde sie es schaffen, sich den Rotherzlern gegenüber nichts anmerken zu lassen?

Diese Nacht fand Anna kaum Schlaf. Es war schwül, die Mücken waren zur Plage geworden, einige hatten sie gestochen, es juckte fürchterlich, Luise schnarchte.

Anna hatte Heimweh.

Nach Eva und Max und nach ihrer kleinen Wohnung in Zwiesel.

Am nächsten Morgen erwachten die beiden Schachtnerinnen vom Gebrüll einiger ihrer Rinder. Sie hatten die Umzäunung durchbrochen und standen direkt vor dem Wohnwagen. Ein Glück, dass sie nicht in den Wald hinein ausgebüxt waren, dort hätten die beiden Viehhüterinnen lang suchen können. Den halben Tag verbrachten sie damit, den Zaun zu flicken und zu verstärken, der Schweiß rann ihnen von der Stirn.

Als die Arbeit getan war, schauten die beiden sich in ihre von Schweiß und Dreck verschmierten Gesichter:

„Denkst du an dasselbe wie ich?" hatte Luise gefragt.

„Ja, Duschen, Duschen, Duschen!"

Eine Stunde brauchten die Praktikantinnen noch für ihre Aufzeichnungen, dann rannten sie los nach Stubenbach. In den Rucksäcken hatten sie Seife, Handtücher, frische Blusen und Unterwäsche zum Wechseln.

Als die beiden verschwitzt in Stubenbach ankamen stellte sich heraus, dass zwei der drei Gemeinschaftsduschen defekt waren. Der Installateur aus Bergreichenstein würde erst später oder morgen oder übermorgen kommen. „Läuft auch nicht immer alles perfekt beim Roten Herzen", dachte Anna, die der Luise den Vortritt gelassen hatte.

„Dann bist du eher beim Jackl. Und gut riechen tust dann auch. Wirst sehen, der fliegt auf dich", hatte Anna gelästert.

„Der Jackl fliegt sogar auf mich, wenn ich streng rieche, Neidhammel", hatte Luise aus der Duschkabine heraus zurückgegeben, den Kopf zwischen den Vorhängen durchgesteckt und Anna die Zunge herausgestreckt.

Und so war Anna jetzt seit zehn Minuten alleine in den Duschräumen und duschte und seifte sich ein und duschte, jetzt ein bisschen kälter, und seifte sich nochmals ein…

War da etwas? Sie glaubte, ein Geräusch gehört zu haben.

Was die Hitze doch ausmachte, jetzt halluzinierte sie schon.

Nochmals einseifen und die Haare tüchtig waschen. Jetzt war Anna die Seife aus der Hand gerutscht. Als sie sich danach bückte, glaubte Anna, eine Bewegung in ihrem Rücken wahrgenommen zu haben, grad als ob der Vorhang, der die Kabine verschloss, schnell ein Stück zugezogen worden wäre. Instinktiv legte sie die Hände vor ihre Brüste.

„Ist da jemand?“ Keine Antwort. „Hallo!“

Anna hatte den Wasserhahn zugedreht, geduscht hatte sie jetzt sowieso ausgiebig, und steckte ihren Kopf aus dem Duschvorhang. Niemand zu sehen. Doch als sie aus der Duschkabine getreten war und gerade nach ihrem Handtuch greifen wollte, stand er vor ihr: Viktor, der Herzober.

„Oh, entschuldige, ich hab nicht gemerkt, dass wir heute wieder Gäste haben.“ Viktor lächelte ein Lächeln, das ihm vielleicht gewinnend erschien, das auf Anna aber ein wenig anzüglich wirkte.

Dass Viktor nichts gemerkt haben sollte, konnte sie ihm auch nicht so recht abnehmen. Die Praktikantin hatte ihr Handtuch vor ihren Körper gehalten, an dem die Wassertropfen herunterperlten. Sie zitterte ein wenig, als Viktor ziemlich ungeniert an ihr hinunterschaute und die Luft deutlich hörbar zwischen den Zähnen einzog. Langsam näherte Viktor sich der Anna. Er hatte irgendwie etwas Diabolisches, aber auch etwas, das Frauen anzog.

Mit der einen Hand berührte er Anna leicht am Arm, als die sich nicht wehrte, zog er ihr das Handtuch vom Körper. Anna stand da und zitterte noch mehr. Wie lange hatte sie schon nichts mehr mit einem Mann gehabt?

Wenn aber, wie Anna inzwischen ziemlich sicher glaubte, der Herzober hinter der Pascherei stand?

Die eine Hand von Viktor strich über Annas Oberarm, glitt ihren nassen Rücken hinab, während er mit der anderen ihre Hüfte umfasste. Anna schloss die Augen und spürte, dass diese Hände, die von der Arbeit her kräftig und fest waren, ihre Haut sanft und zärtlich streichelten.

Erneut lief ein Schaudern über ihren ganzen Körper. Sie ließ es sich gefallen, dass Viktor sie nun fest an sich drückte. Das tat so gut. Ihr Herz wollte schon nachgeben, wollte zerfließen, aber ihr Kopf schlug noch Alarm.

Der Mund von Viktor suchte den von Anna. In diesem Moment war ihr alles egal und sie begann, den wilden, immer stürmischer werdenden Kuss von Viktor zu erwidern.

Der Handwerker aus Kašperské Hory, in der einen Hand eine Handwerkerbox, in der anderen zwei Rohrzangen, hatte etwas anzüglich gelacht und etwas vermutlich noch Anzüglicheres auf Tschechisch gesagt, als er in den Duschraum gerumpelt war und die beiden in dieser eindeutigen Situation überrascht hatte.

Anna hatte schnell ihr Handtuch um ihren Körper geschlungen, ihre Sachen zusammengerafft und war, ohne noch etwas zu sagen, nach oben gelaufen. Erst im Gästezimmer kam sie wieder richtig zu sich. Was hatte sie getan? Was hatte sie sich da nur gedacht?

So hatte der Auftrag von Max bestimmt nicht gelautet. „Augen offen halten", hatte der gesagt, und sie? Sie hatte die Augen geschlossen. Ach Anna! Sich mit dem Hauptverdächtigen einzulassen. Das brachte auch nur sie fertig. Aber vielleicht hätte sie was aus ihm rausgekriegt.

Anna hatte allerdings jetzt das Gefühl, dass Viktor genauso etwas von ihr herausbringen wollte wie sie von ihm. Also Patt-Situation. Sie war Viktor nichts schuldig.

Hatten die beiden Pascher ihm von ihrer morgendlichen Begegnung mit den Mädchen erzählt? Wollte Viktor rauskriegen, ob die Praktikantinnen irgendeinen Verdacht geschöpft hatten? Was war das für ein Spiel, das Viktor spielte? Sein Begehren heute aber war echt gewesen, das hatte Anna gespürt.

„Ach, Anna", hätte Eva an dieser Stelle bestimmt auch gesagt.

Der Abend beim Roten Herzen war nicht wie sonst. War es die Hitze, die den ganzen Tag wie eine Glocke über Stubenbach gelegen hatte, die Erschöpfung nach so einem, für alle kräftezehrenden Tag oder war die Stimmung anders? Anna und Luise hätten es nicht sagen können. Auf alle Fälle war es ein Abend ohne Gesang und Musik gewesen, ein Abend, an dem sich die beiden Praktikantinnen wie Fremde vorgekommen waren.

Um die Finanzen war es gegangen, die für das Rote Herz offenbar nicht zum Besten standen.

Fensterstöcke mussten erneuert werden, die Duschen waren im Arsch, das hatten Anna und Luise ja schon mitbekommen, der Brenner in der Heizung würde es wohl nicht mehr lange tun: Sorgen über Sorgen für das Rote Herz.

Um halb zehn etwa stieß der Herzober zu ihnen, gegenüber Anna ließ er sich nichts ankennen, aber er machte seinen Anhängern wieder Mut.

„Das packen wir schon, haben es auch früher immer wieder gepackt…", Anna kamen die Worte ein wenig vor wie Durchhalteparolen. Bei den Rotherzlern aber erntete Viktor Beifall.

Als die Gesellschaft zu Bett ging, flüsterte Luise der Anna zu, dass sie nicht auf sie warten solle, sie sei beim Jackl.

Anna freute sich für ihre Freundin und ging in den ersten Stock, allerdings erst, nachdem sie vorher Bieseln gewesen war. Sie wollte nicht nochmal so eine Not erleben! Die Tür sperrte Anna zu. Das erste Mal, seit sie hier übernachtete.

Nachdem es erst halb elf war und die Hitze sich noch im Zimmer unter dem Dach hielt, machte sich Anna dran, die Geschichte vom Roten Herz in dem Klostermann-Büchlein zu suchen, das Max ihr gebracht hatte.

In dieser Erzählung überwogen, wie so oft bei Karel Klostermann, die Molltöne. Das passte gut zu Annas Stimmung. Ein rotes Herz an der Hauswaldkapelle bei Rehberg bildete den Rahmen der Geschichte, in der es um Schuld und Verzeihung ging und um Mitmenschlichkeit.

Agnes, eine geistig zurückgebliebene junge Frau hatte versucht, den von ihr angebeteten Mann durch ein vermeintliches Zaubermittel zu gewinnen. Sie hatte ihn dabei schwer, aber nicht tödlich vergiftet, ohne dies zu wollen.

Nachdem die Frau im Gefängnis bitter dafür gebüßt hatte, war sie zurückgekehrt und von der Dorfgemeinschaft wieder aufgenommen worden. Niemand hatte ihr mehr auch nur irgendeinen Vorwurf gemacht, nicht einmal der, den der Giftanschlag getroffen hatte.

Die Geschichte in ihrer zutiefst menschlichen Grundstimmung beeindruckte Anna so sehr, dass sie lange darüber nachdachte. Wie mochte das wohl gewesen sein, hier in Stubenbach oder drüben in Rehberg vor über 150 Jahren? Diese Hauswaldkapelle am Schwemmkanal, an deren Mauer das hölzerne rote Herz der armen Agnes, der Hauptperson gehangen hatte, ob von der noch etwas existierte? Wenn ja, dann wollte sie dort hin.

Über diesen Gedanken war Anna eingeschlafen.

Die Nacht verlief ruhig. Luise weckte Anna, erstaunt darüber, dass die Zimmertür abgeschlossen war, in den frühen Morgenstunden durch lautes Klopfen und die beiden machten sich auf den Weg zum Jährling. Die Rotherzler schliefen noch, nur Jackl war schon wach, weil der die Tiere zu versorgen hatte. Er begleitete die beiden ein gutes Stück, Händchen haltend mit Luise.

„Da hat es wohl wirklich gefunkt“, dachte Anna.

Die Versuchung

Das Klingeln des Telefons weckte Max Esterl aus seinem ersten tiefen Schlaf. „Kruminale!" Der Wecker zeigte auf halb zwei als Max sich noch etwas schlaftrunken aus dem Bett wälzte und in den Flur stolperte. Seit er nicht mehr im Dienst war, hatte er das Telefon nie mehr ans Bett mitgenommen. Der erste Gedanke von Max war: „Hoffentlich ist nichts mit den Mädels auf dem Jährling."

Als er die Stimme am Telefon erkannte, einen samtigen, angenehmen und irgendwie erotisch klingenden Alt, war Max zwar seine Sorgen los, beruhigt aber war er keineswegs.

„Du weißt schon, wieviel Uhr es ist, Irmi? Ja, ja, in deinem Gewerbe ist jetzt Stoßzeit. Wie hast das gemeint? Keine Zeit für Scherze. Gut. Ich soll kommen? Sofort! Das könnte eine Spur sein? Irmi, ich setz mich gleich in mein Auto und bin in 25 Minuten bei dir."

Max war nächtliche Einsätze von früher her gewohnt.

In die Hose springen, den Autoschlüssel, Geldbeutel mit Ausweisen, das Hemd würde er beim Runtergehen in die Garage anziehen, mehr brauchte man in dieser schwülen Nacht sowieso nicht.

„Wo musst du denn hin, mitten in der Nacht?"

Eva war wach.

„Ins Puff nach Eisenstein. Zur Irmi." Am besten war die Wahrheit.

„Was hab ich denn falsch gemacht? Wenn du gesagt hättest, dass du solchen Notstand hast, wir hätten doch heute Abend…!"

Ausgerechnet jetzt. Und ausgerechnet das. Aus Verlegenheit verhaspelte der Ex-Kommissar sich total: „Du wirst doch nicht glauben, dass ich…es ist rein dienstlich…ich muss jetzt unbedingt…morgen erkläre ich…"

Nachdem Max davongeeilt war, legte Eva sich mit einem zufriedenen Seufzer wieder hin. Es war gut gewesen, dass sie bei der Schwüle auch kaum schlafen hatte können und so das ganze Gespräch zwischen Max und Irmi mitbekommen hatte. Das war jetzt ihre kleine Revanche für die Gerüchteküche gewesen, die Max mit seinem ersten, so heftig misslungenen Bordellbesuch selber zusammengebraut hatte. Eva konnte sich noch an einige scheinbar mitleidsvolle Blicke erinnern, die bedeuteten: „Die ist doch gar nicht so unattraktiv. Was sucht ihr Mann dann in Železná Ruda?"

Der Ex-Kommissar war derweilen längst schon zwischen Theresienthal und Ludwigsthal, passierte das dortige Abele-Schloss mit quietschenden Reifen und trieb seinen Wagen auf den langen Geraden zwischen Regenhütte und Bayerisch Eisenstein jeweils auf über 130 Sachen. Wild durfte jetzt keines daher kommen! Sonst gab es Rehragout.

Trotzdem war Max zu spät dran. Irmi hatte ihn draußen vor dem Roten Herz abgefangen und durch eine Hintertür in eine Art Büro geführt.

Ein sehr besoffener Bordellgast, so hatte Irmi ihn dort knapp informiert, hatte geredet und geredet, erst hatte er ein wenig angegeben, wie leicht doch Geld zu machen sei, dann hatte er gesagt, er wisse was über die alten Schmugglerwege, die auch sein Großvater schon benutzt habe. Da sei sie stutzig geworden und hellhörig und habe ihn weiter reden lassen, aber besser zugehört. Gepascht werde heute noch genauso wie früher habe er gelacht, nur in die andere Richtung und mit mehr Gewinn. „Was glaubst du, woher meine Moneten stammen?", habe er immer gekichert, bis er vor Rausch plötzlich vom Stuhl gekippt sei.

„Jetzt schläft er und ist nicht mehr zu wecken. Vor morgen Mittag bringst du aus dem keinen vernünftigen Satz mehr raus."

Eigentlich fand es Max besser so. Morgen würde sich der Pascher an nichts mehr erinnern, niemand wäre gewarnt und aufgeschreckt.

„Willst du ihn sehen? Er schläft in einem unserer Separees. Eigentlich werfen wir Gäste, die einen solchen Saurausch haben, hinaus, aber bei dem hier hab ich eine Ausnahme gemacht, weil ich hoffte, der würde uns noch etwas sagen. Seinen Ausweis hab ich schon abgegriffen, willst den auch sehen?"

Der rauschige Pascher lag auf einem plüschigen Bettvorleger, unter den Kopf hatte man vorsichtshalber eine alte Plastiktischdecke gegeben. „Wenn er speibt. Damit er nicht unseren Bordellbarockplüsch versaut." Irmi hatte Humor.

Max betrachtete den Mann genau. Groß war der nicht. Sein Ausweis, in den Max jetzt schaute, gab als Körpergröße 166 Zentimeter an. Max merkte sich auch seinen Namen:

Neuner hieß er. Arnold Neuner.

„Da haben wir wohl den Kompagnon vom Nussknacker vor uns", sagte Max. Irmi wusste sofort, wen Max mit Nussknacker gemeint hatte.

„Seit der wieder aus dem Gefängnis raus ist, haben wir mit dem Nussknacker, dem Erwin, keinen Kontakt mehr. Geschmuggelt aber hat der immer schon. Nebenberuflich sozusagen. Ist der wieder eingestiegen?"

„Ich glaub schon. Einen Anhaltspunkt haben wir jetzt auf alle Fälle, das ist schon etwas. Danke dir, Irmi, dass du mich angerufen hast, war nicht selbstverständlich."

„Vielleicht wollte ich dich mal wieder sehen, Max."

War das jetzt beruflicher Schmäh oder war es ihr Ernst? Das verführerische Glitzern, das Max schon einmal aufgefallen war, trat wieder in Irmis Augen.

„Im Ernst, Max, du bist mir wirklich sympathisch. Wenns´d magst, heit daat´s für di nix kost´n", sagte Irmi im breitesten Niederbairisch.

„Umasunst is da Doud", antwortete Max, „und der kost ´s Leben."

Bei der Verabschiedung hatte Irmi den Max umarmt und ihm einen dicken Schmatz auf die Wange gedrückt. Max hatte dabei seine Hand vielleicht etwas zu lange auf ihrem schön geformten Hintern gelassen.

Lächelnd fuhr der Pensionist anschließend langsam durch die warme Sommernacht nach Hause. Als er in Zwiesel ankam, war schon ein Schimmer der Morgenröte zwischen den Gipfeln des Falkenstein und des Kiesruck zu sehen. Genau dort lag der Jährling. Und dahinter, hinter dem Grenzkamm lag Stubenbach.

Der Verdacht den Max seit einiger Zeit mit sich herumtrug verdichtete sich langsam.

Max ging gar nicht mehr ins Bett. Er machte sich Kaffee und las den Bayerwald-Boten, bis Eva aufstand.

Der erzählte er alles was er in der Nacht erlebt hatte. Nur das Angebot von der Irmi erwähnte er nicht. Er wollte Eva nicht unnötig beunruhigen.

Wenig später klingelte das Telefon zum zweiten Mal an diesem Tag.

Pepi Holub aus Pilsen war am Apparat.

„Ahoj, Max, jak se máš?“

„Mir geht es gut Josef, und dir?“

Erst nachdem die Höflichkeitsfloskeln ausgetauscht waren, kam Holub zum Thema. Er erzählte seinem deutschen Freund, dass er jetzt direkt mit dem Drogenfall beschäftigt sei, da die Polizei in Pilsen ein Drogenlabor ausgehoben hatte und dass sie dort Hinweise auf eine Produktion im Šumava-Gebiet gefunden hatten.

„Abr weißt du Max, Šumava ist groß, von Nýrsko bis Lipno-Stausee. Is wie Nadel in Haufen suchen. Odr wie Maus in Keller von Pilsener Brauerei.“

Max dankte dem Freund für die Informationen. Der druckste noch ein wenig rum und kam dann auf sein eigentliches Anliegen zu sprechen.

„Hast du nicht auch Informationen für mich?"

Als Max erstaunt tat, ließ Holub die Katze aus dem Sack und kam sehr direkt zur Sache. Jetzt war Max wirklich erstaunt. So kannte er den Pepi gar nicht.

„Heute Nacht in Bordell, was hast kriegt raus?"

Max verschlug es fast die Sprache. Woher wusste Pepi…?

Als Max sich etwas zierte, legte Pepi nach:

„Erzehl ja nicht du warst ficken! Sonst erzehl ich´s Eva. Los, sag was war?"

Die Argumente von Pepi waren überzeugend und Max gab ihm die Informationen, die er von Irmi bekommen hatte.

Von seinem konkreten Verdacht bezüglich Stubenbach erwähnte er nichts. Dieser Verdacht war Max noch viel zu vage, den würde er erhärten müssen, bevor er Holub darüber informierte.

Als Eva und Max am nächsten Abend, es war in der vorletzten Woche bevor die beiden Praktikantinnen wieder ins Tal durften, bei ihnen auf dem Jährling waren, sagte Max wie beiläufig zu Anna:

„Ihr beiden seid doch öfter mal beim Roten Herz zu Besuch gewesen, habt ihr erzählt."

Die beiden jungen Frauen nickten. Anna spekulierte, was jetzt wohl kommen würde. Bei Max wusste man nie.

Als sie hörte, was Max wollte, atmete Anna auf.

„Mich würde interessieren, wie es dort aussieht und wie das funktioniert in dieser „Kommune". Von Stubenbach hat mir der Tischler Pepperl inzwischen viel erzählt, sein Vater stammt ja von dort. Der kommt vielleicht sogar mit und zeigt mir einiges. Und dann könnten wir beim Roten Herz einkehren. Du könntest", wandte sich Max an Eva, „die Keramiksachen anschauen, vielleicht gefällt dir das eine oder andere Stück." Eva war erstaunt darüber, dass Max an so etwas dachte. Bei Max wusste man nie.

Auch Luise schaltete sich ein: „Max, die fertigen in ihrer kleinen Schneiderei Kleider, die genau zu dir passen würden. Ein bisschen retro sind sie, ich würde sagen spätes neunzehntes Jahrhundert, und deinen Bauch würden sie wunderbar kaschieren."

Die vorlaute Luise.

Alle Vier lachten und beschlossen, in zwei Tagen, also am Samstag, das Rote Herz zu besuchen. Anna war es ganz recht, dass sie dem Viktor das nächste Mal nicht alleine gegenüberstehen musste.

Ausnahmen gibt´s nicht

Für Anna und Luise waren die täglichen Arbeiten inzwischen schon so zur Routine geworden, dass sie am Samstag längst fertig waren, ehe Annas Stiefeltern und Pepperl eintrafen. Luise hatte zu ihren knapp sitzenden Jeans die letzte noch saubere Bluse angezogen, Anna war mit Shorts und einem alten T-Shirt bekleidet. Auch sie hatte nicht mehr viel zum Anziehen. Schön, dass sie bald runter kamen in die Zivilisation.

Schwatzend und lachend machten sich die Fünf auf den Weg ins nahe gelegene Böhmen. Nur Max redete nicht viel. Jetzt drückte ihn auch schon seine bisher immer so bequeme Wanderhose. Es wurde wirklich Zeit, dass er etwas unternahm. Gleich heute!

Es war später Vormittag als die kleine Gruppe in Stubenbach eintraf. Immer wieder hatte der Tischler Pepperl ihnen etwas zu erzählen gewusst, hatte ihnen etwas gezeigt, sie auf etwas aufmerksam gemacht. Die Zeit war wie im Flug vergangen. Max war froh um jede Pause gewesen, in der er wieder ausschnaufen und sich mit seinem Taschentuch, dem „Schneizhodern", den hochroten Kopf abwischen konnte. Der Vormittag hatte schon eine beträchtliche Hitze entwickelt.

Der Jackl hatte sie empfangen und war vom Pepperl gleich einmal gelöchert worden über den Bauernhof des Roten Herzen, wem der gehört hatte vor dem Krieg und wie die Rotherzler ihn erworben hatten. Jackl wusste erstaunlich viel von damals, Pepperl ergänzte manches und bald waren die beiden so in ein Gespräch vertieft, dass Luise sich fast dazwischen schieben musste.

Da hatten sich offensichtlich zwei gefunden: Jakob, genannt Jackl und Josef, genannt Pepperl.

Einige der Rotherzler waren über das Wochenende heimgefahren. Der Herzober war nirgends zu sehen.

So hatte beim Mittagessen der Platz am großen Tisch in der Stube gerade noch gereicht.

Tomaten gab´s und Gurken und Radieschen und Salat, alles natürlich aus dem eigenen Garten. Frisches Brot aus dem Hofbackofen, dazu Butter und Ziegenkäse, auch selbst produziert.

Max langte bei den Butterbroten so heftig zu, dass Eva ihm unter dem Tisch mit dem Fuß einen Tritt gab und, als er ganz unschuldig zu ihr hinsah, ihren Kopf schüttelte.

Auch der Pepperl wollte nicht zurückstehen. Ihm hatte es vor allem der Knoblauch aus dem Rotherzgarten angetan. Jetzt aß er schon das dritte Häuperl mit sichtlichem Vergnügen, was die vorlaute Luise mit den Worten „Hey Pepperl, wenn´st de weiter a so in Knofe eitunkst, dann muasst fei im Hoamzua als letzter geh!", kommentierte.

Alle tranken zum Essen frisches Quellwasser, nur die beiden Alten hatten nach böhmischem Bier verlangt, dem sie auch gut zusprachen.

Nach dem Mittagessen gab es noch ein Schlückerl Kaffee für jeden, a la Turecka, auf türkische Art, mit viel Zucker und ohne Milch.

Von den schönen Keramikarbeiten des Herzobers hatten die Gäste schon beim Essen viel mitbekommen: Alles was serviert wurde kam auf und in den selbst getöpferten Schüsseln, Tellern, Tassen und Kannen daher. Es war kein einheitliches Service, das die Rotherzler da benutzten, es waren lauter Einzelstücke. Diese harmonierten aber so vollkommen miteinander, als wären sie extra aufeinander abgestimmt worden. Alle Stücke existierten zwei- oder dreimal und konnten gekauft werden.

„Da merkt man halt, dass die von einem einzigen Künstler entworfen wurden", begann Eva.

„Ich würde mich schon sehr dafür interessieren, kann man da mehr davon sehen, oder vielleicht auch die Keramikwerkstatt?"

Höflich, aber bestimmt lehnten die Rotherzler ab. Genauso wie Anna vorhergesagt hatte. „Werkstücke könnt ihr schon sehen. Aber die Werkstatt: Nein.

Der Viktor ist ausgerechnet heute nicht da. Geschäfte in Pilsen. Aber selbst wenn er da wäre, Ausnahmen gibt´s nicht, das müsst ihr verstehen. Auch wir waren seit langer Zeit nicht drin, Viktor kann keinen brauchen, das hindert ihn am schöpferischen Arbeiten. Nicht einmal einen Schlüssel haben wir. Keiner von uns. Ja, früher war das anders, bis vor etwa zwei Jahren. Aber dann hatte Viktor eine schöpferische Krise und dann durfte keiner mehr rein."

Max dachte bei sich: „Viele Erklärungen. Zu viele!"

In der Weberei und der sich anschließenden kleinen Schneiderwerkstatt wurde es lustig. Tatsächlich probierten Pepperl und Max einige Kleidungsstücke und tatsächlich traf die Prophezeiung der vorlauten Luise zu: Hosen und Hemden passten zu Pepperl und zu Max, als hätten sie nur auf Gestalten wie sie beide gewartet, es war eine richtige kleine Modenschau, die die zwei da veranstalteten. Max kaufte Hemd und Hose. Auch Anna bekam eine neue Bluse. Die neue Hose vom Max musste allerdings im Bund noch etwas weiter gemacht werden. Zdenka wollte sich sofort dran machen, damit Max sein neues Kleidungsstück gleich mitnehmen konnte.

„Halbe Stunde, dann fertig", bedeutete ihnen Zdenka. Die Zeit bis dahin wollten die Gäste zusammen mit Jackl auf der Gred vor dem Haus verbringen, wo eine Hausbank zum Sitzen einlud. Kaum hatten sie ein Gespräch begonnen, da hörten sie am Knirschen des Kieses, dass ein Wagen die Auffahrt zum Hof hochfuhr. In dem roten Škoda, der hinter dem Haus parkte war der Herzober gekommen.

Freundlich begrüßte er die Gäste, erkundigte sich bei Anna und Luise nach deren Befinden mit einem neutralen „na, wie geht´s euch?", beachtete die beiden nicht weiter und begann ein Gespräch mit den drei „Alten".

Max, der dem Herzober ein wenig auf den Zahn fühlen wollte, brachte die Rede ziemlich bald und ziemlich direkt auf die verschlossene Werkstatt. Erst versuchte Max es höflich und mit Bitten, den Viktor zu erweichen („einmal eine Ausnahme machen…jetzt sind wir den weiten Weg hier herauf gegangen"), als das nicht half, wurde Max eine Stufe deutlicher („überall bekommt man zu sehen, wie die schönen Sachen hergestellt werden, nur bei euch nicht…da kauft man doch auch mehr, wenn man sieht, wie das hergestellt wird").

Der Herzober reagierte unwirsch: „Dann kauft ihr halt nichts. In meine Werkstatt kommt mir keiner rein. Wenn ihr nicht so kaufen wollt, dann lasst es." Daraufhin drehte er sich um und eilte grußlos ins Haus.

Das war deutlich.

Jackl, der die Auseinandersetzung mitbekommen hatte, verzog schmerzhaft sein Gesicht, die Gäste standen wie belämmert da. Nur Max war nicht überrascht.

Er war sich jetzt ziemlich sicher und murmelte, nur für Eva hörbar, in seinen Bart:

„Kruminale. Der hat was zu verbergen. Ich fress einen Besen, wenn hier nicht eine Kristallquelle sprudelt."

Crystal-Pramen auf Tschechisch? – Da musste Max mal den Holub fragen.

Unter dem Vorwand, sich alles noch einmal ansehen zu wollen, ging Max, bevor sie zusammen aufbrachen, um das Haus herum. Das Fenster, hinter dem er die Werkstatt vermutete, war vergittert, Viktor hatte vorgesorgt. Ein Lüftungsrohr mündete etwas oberhalb des Fensters ins Freie: „Eine bessere Tarnung gibt es nicht", dachte der Ex-Kriminaler.

Noch aber hatte er keinen Beweis, den er seinem Freund Holub liefern konnte.

Aber seinen Verdacht, den teilte er dem tschechischen Kollegen, äh Ex-Kollegen am nächsten Tag mit.

„Nehmt den einmal unter die Lupe. Aber unauffällig.“

„Děkuji, Max. Lupe ist gut. Crystal-Pramen ist schlecht. Pramen ist guter Name für Pivo, wie bei Urquell, nicht für Scheiß-Droge.“

Schweinsbraten

Max Esterl zog den Duft des Schweinsbratens tief ein.

„Schau her Anna, noch ein wenig Bier nachgießen, das gibt der Soße eine ganz besondere Note.

Jetzt hilfst du mir, die Knödel einlegen. In 25 Minuten ist alles fertig. Das wird ein Festschmaus."

Anna hatte ihre freie Woche, und Eva würde in einer knappen halben Stunde vom Unterricht am Gymnasium nach Hause kommen. Und dann würde er, Max, sein Schweinernes präsentieren, seine Knödel, sein Kraut. So wie er es von seiner Mutter gelernt hatte. Das behauptete Max Esterl.

In Wirklichkeit hatte Max Esterl, was das Kochen anbelangte, in seiner Jugend nichts gelernt, außer mit feinem Näschen zu merken, was gut schmeckte oder sehr gut. Erst seine Frau Eva, die eine ausgezeichnete Köchin war, hatte ihm die Grundbegriffe des Kochens beigebracht.

Das Rezept für den Schweinsbraten stammte auf jeden Fall aus dem Kochbuch, das die Mitglieder des Frauenbunds aus der Nachbarpfarrei geschrieben und herausgegeben hatten.

Die Knödel siedeten leise dahin, das Kraut roch verführerisch, den Schweinsbraten im Rohr hatte Max inzwischen bereits zum vierten Mal mit Bier übergossen, schon zwei Halbe waren dafür draufgegangen, und Eva war immer noch nicht da.

Mit jedem Blick auf seine Uhr verfinsterte sich die Miene von Max. „Ausgerechnet wenn es Schweinsbraten gibt", grummelte er zu Anna hin. „Ausgerechnet dann kommt s i e zu spät.

Sie ratscht bestimmt mit irgendeinem Idioten im Lehrerzimmer der keine Familie daheim hat und nicht weiß, wie er die Zeit rumbringen soll. Der soll Golfspielen oder Tennis, wie die anderen Lehrer am Nachmittag, aber nicht meine Eva aufhalten. Der schöne Schweinsbraten. Und die Knödel!"

Max hatte sich so in Rage geredet, dass er gar nicht merkte, wie Eva eingetreten war.

„Hallo Max…"

Max ließ seine Frau nicht zu Wort kommen.

„Die Knödel sind bestimmt schon verkocht, die Soße ist fast schon verdampft, und da kommst du und sagst einfach Hallo! Ich sag Hallo! Hallo, bist du auch schon da? Machst du jetzt Überstunden?"

Eva ließ sich durch die Provokationen von Max nicht aus der Ruhe bringen, Anna bewunderte sie dafür. Sanft, ganz sanft legte Eva ihrem Mann die Hand auf den Oberarm:

„Max, wenn du wüsstest, warum ich zu spät komme würdest du nicht so reden."

Und Eva erzählte dem inzwischen leise gewordenen Max, warum sie sich so gewaltig verspätet hatte.

Die Mutter vom Fritzi, Frieda Fuchs, war bei ihr nach der letzten Stunde plötzlich aufgetaucht. Nicht wegen ihrer Tochter, der Fanni war sie gekommen. Bei der fehlte nichts. Eine prima Schülerin.

Aber Frieda hatte Eva vom Fritzi erzählt. Von ihren Sorgen. Dass sie keine Nacht mehr schlafen könne. Dass der Fritzi einen Kumpanen gefunden habe, mit dem er Drogen konsumiere, dass es jetzt offensichtlich ganz leicht sei, auch in Zwiesel an das Zeug heranzukommen und dass es billig sei, dass sie sich nicht traue, den Herrn Esterl direkt zu fragen, sie kenne ihn ja nicht, dass sie aber von ihrer Tochter wisse, dass sie, die Frau Esterl eine gute Lehrerin sei, die sich auch menschlich um ihre Schüler kümmere.

„Und dann hat die Frau geweint. So bitter, wie ich noch nie im Leben jemanden weinen hörte. Da musst du helfen, Max. Irgendwie helfen. Du bist doch schon dran an dem Fall, oder?"

Max hatte Eva schon durch seine Blicke und durch Kopfnicken zu verstehen gegeben, dass er sich nochmals dieses Problems annehmen wolle, da griff Anna ein, die von dem stillen Einverständnis der beiden Eheleute nichts mitbekommen hatte.

Anna wollte ihre Sache besonders gut und überzeugend machen. Dazu benutzte sie, wohl um Max zu schmeicheln, die Sprache der Waldler. Da hatte sie von Luise im Laufe ihrer gemeinsamen Schachtenzeit schon einiges aufgeschnappt:

„Ja, genau, Onkel Max, da muasst wos unternehma, sunst ghörn de Zwoa da Katz."

„De Zwee!"

„Was?"

„De Zwee."

Auf Annas noch immer ziemlich ratloses „Gschau“ hin sagte Max:

„Wennst scho waldlerisch redest, dann gscheit. Die Waldlersprache unterscheidet drei Formen des Zahlwortes „zwei“. Eine männliche, nämlich „zwee“, eine weibliche, „zwo“ und eine sächliche, „zwoa“. Ich gebe euch ein Beispiel.“

Max hatte gesprochen wie ein Schullehrer. Die beiden Frauen lächelten sich zu.

„Zwee Buam und zwo Deandla heiraten, dann hand eahna jeweils zwoa.“

Anna kapierte und erwiderte: „Außer sie sand schwul und lesbisch.“

„Sie hat´s geschnallt“, stellte Eva fest. „Und du, Max, bist nicht mehr so ganz auf der Höhe der Zeit. Aber den Fritzi, den vergisst du nicht, gell?“

Damit war das Eis endgültig gebrochen. Der Schweinsbraten schmeckte den dreien trotz der etwas verkochten Knödel.

Der Herzober zündelt

Mittlerweile war es Ende Juli geworden, das Grenzlandfest in Zwiesel war mit einem Feuerwerk beschlossen worden, Max hatte das Fest nicht mehr so begeistert wie in seiner Jugendzeit. Das Festbier war zwar in Ordnung gewesen, er hatte auch viele ehemalige Freunde und Bekannte getroffen, aber die Musik war nicht nach dem Geschmack vom Max gewesen. Zu schrill, zu laut.

Alles stöhnte unter der nach wie vor andauernden Hitze, Schüler wie Lehrer sehnten die Ferien herbei, Eva war auch ziemlich k.o., die vielen Notenkonferenzen zehrten an ihren Nerven.

Es herrschten bereits Wasserknappheit und erhöhte Waldbrandgefahr und Max hatte ein wenig Angst, Angst um die beiden Praktikantinnen, die auf dem Jährling, inmitten des Waldes, in ihrem Wohnwagen hausten.

Was wäre, wenn dort oben Feuer ausbräche? Die Baumleichen des Nationalparks waren bestimmt trocken wie Zunder und mit den noch lebenden Bäumen sah es wohl nicht viel besser aus. Die beiden Praktikantinnen würden auf ihrem Schachten wie auf einer Insel im Meer sitzen. Im Flammenmeer!

Eine Woche hatten die zwei noch abzuleisten. Der Wetterbericht klang nicht nach Regen. Er lautete in täglicher Einförmigkeit: „...bei weiter andauernder Trockenheit...Temperaturen zwischen 32 und 37 Grad am Tag, nachts kaum unter 25 Grad, in höheren Lagen unter 20 Grad möglich. Noch keine Änderung in Sicht."

Manchmal wurde Max in der Nacht unruhig, stand auf und ging auf die Terrasse um zu schauen, ob dort oben, zwischen Kiesruck und Falkenstein nicht ein Feuerschein zu erkennen war.

Max merkte, dass das Schafkopfen eher eine Wintersportart war, selten ging mehr ein Spiel zusammen, die Leute grillten abends fleißig und warteten, bis sich die Luft etwas abkühlte, so dass sie ins Bett gehen und schlafen konnten.

Mit Schaudern dachten Eva und Max an ihre Münchner Zeit: In der Großstadt war es jetzt sicher noch um einige Grad wärmer und die Luft stand wie unter einer Glocke. Hier im Zwieseler Winkel kamen spätestens gegen Mitternacht kühlere Fallwinde, die die Nächte erträglich machten.

Auch die beiden Praktikantinnen hatten eine schwere Woche. Die Tiere wurden immer unruhiger, die Bremsen setzten ihnen zu, das Gras war hart geworden, selbst die gute Quelle gab nicht mehr viel Wasser.

Am Dienstag beschlossen die beiden ihren vorläufigen Abschiedsbesuch in Stubenbach am nächsten Tag zu machen, dort noch einmal kräftig zu duschen und ein wenig zu feiern, bis zu ihrem Schichtende am Sonntag würden sie es dann schon mit Katzenwäschen aushalten. Anna wäre vielleicht nicht mehr rübergegangen, aber Luise wollte unbedingt. Allein mochte Anna nicht auf dem Jährling bleiben.

Diesmal allerdings würde Anna die Luise bitten, mit ihr gemeinsam zu duschen.

Zu Annas Erleichterung war der Herzober gar nicht da, als die beiden am späten Mittwochnachmittag beim Roten Herz ankamen.

Das Brausebad war herrlich. Am Schluss ließ Anna noch einige Minuten fast kaltes Wasser über ihren Körper laufen, so lange bis Luise rief: „Hey Anna, Wasser sparen, alte Pritschlerin!"

Mit einem ein wenig schlechten Gewissen stellte Anna das Wasser ab.

Der Abschiedsbesuch der beiden Praktikantinnen hatte nichts Endgültiges. Nach drei Wochen wohlverdienter Schachtenpause würden sie wiederkommen, zwei Mal sollten die beiden im Turnus noch Dienst schieben, bis dann im Oktober das Vieh ins Tal getrieben werden musste. Nach dem Abendessen saßen alle beisammen auf der Gred und ratschten ein wenig, auch hier waren die große Hitze und der hoffentlich bald bevorstehende Wetterumschwung die Hauptthemen. Luise schmuste ziemlich heftig mit Jackl.

Der Tscheche, der so gut Gitarre spielen konnte, zupfte ein wenig auf seinem Instrument, ein schönes Menuett, die Stimmung war friedlich, Anna fast schon eingedöst. Sie war müde, konnte sich aber nicht überwinden, ins Bett zu gehen.

Da hörten die heraußen Sitzenden plötzlich, wie Motorengeräusche die friedliche Abendstimmung störten, laut aufheulende Motoren, die sich offensichtlich näherten. Schotter spritzte auf als der rote Škoda vom Herzober den Feldweg zum Hof der Rotherzler hochfuhr.

Viktor sprang aus dem Auto.

„Ich erklär´s euch später, haltet sie auf!"

Mit „sie" hatte der Viktor offensichtlich die Polizei gemeint, deren Auto soeben mit Blaulicht aber ohne Sirene die Auffahrt heraufraste und schleudernd vor der Rotherzlergruppe zu stehen kam. Viktor hatte sich hinter das Haus geflüchtet, genau dorthin, wo sich Anna, ein wenig ängstlich, zurückgezogen hatte.

Wenn die Rotherzler etwas mit der tschechischen Polizei hatten, wollte sie nicht mit hineingezogen werden. Viktor entdeckte Anna und schien einen ganz spontanen Entschluss zu fassen.

„Du kommst mit! Keinen Ton!"

Er packte sie grob am Oberarm und als sie sich zu wehren begann, zog er etwas aus seinem Hosenbund und hielt es Anna unter die Nase: Eine Pistole. Schwarz und kalt.

Viktor stieß Anna vor sich her in die Finsternis, hin zur Scheune, die sich etwa 50 Meter hinter dem Hof befand. Dort öffnete er eine Tür und holte einen Kanister heraus, den er der zitternden Praktikantin in die Hand drückte.

„Weiter, in den Wald, Richtung Jährling", befahl Viktor mit leiser aber drohender Stimme und schubste Anna vor sich her.

Nach etwa eineinhalb Kilometern kamen die beiden an einem großen Himbeer- und Brombeergestrüpp vorbei. Hier hatten sich Luise und Anna manchmal bedient um sich den Weg zu versüßen. Viktor riss

Anna den Benzinkanister aus der Hand und verteilte den Inhalt mit seiner Rechten über die Stauden, während er Anna immer noch mit der Pistole in seiner Linken in Schach hielt. Mit den letzten Resten des Benzins legte der Herzober eine Gasse von dem Gestrüpp weg. Den leeren Kanister warf Viktor im hohen Bogen in das Gebüsch.

„Du bist verrückt", schrie Anna, als Viktor das Benzin entzündete. Viktor reagierte nicht darauf.

„Lauf!", befahl er, als das Benzin zu brennen begann, das Feuer in Sekundenschnelle das Gestrüpp erreichte und explosionsartig in die Höhe loderte.

Anna und Viktor liefen und liefen, hinter sich ein Flammenmeer, das sich rasch auszubreiten begann. Die zwei hatten aber keine Zeit zurückzuschauen, die Angst trieb sie beide vorwärts.

Zu ihrem Glück herrschte Westwind und der trieb die Flammen Richtung Stubenbach. Anna mochte allerdings gar nicht daran denken, was mit Luise und Jackl und den anderen…!

Aber dort war ja jetzt die Polizei, redete sich Anna ein, die würden schon das Richtige tun.

Nachdem sie mehrere Minuten schnell gerannt waren, konnte Anna nicht mehr. Viktor hatte an manchen Stellen mit seinem Handy geleuchtet, trotzdem war Anna oft gestolpert und hingefallen. Sie war keuchend stehen geblieben.

„Ich kann nicht mehr. Was, was hast du überhaupt vor mit mir?", stieß Anna hervor. „Lass mich doch, ich hab dir nichts getan, ohne mich kommst du schneller vorwärts, lass mich."

„Du gehst mit bis zum Jährling. Wenn uns bis dorthin keiner eingeholt hat, lass ich dich da zurück. Ich fessle dich und lass dich in eurem Wohnwagen, da kannst du keinen Unsinn machen und da finden sie dich bis spätestens in ein paar Stunden. Bin ja kein Unmensch.

Wem verdankt es das Rote Herz, dass es überleben konnte? Alles, was ich getan hab, hab ich für das Rote Herz getan, merk dir das."

„Wollte sich der Herzober da entschuldigen?", dachte Anna. „Warum bei mir?"

„Ich hau ab", riss Viktor sie aus ihren Gedanken. Sie hatten den Jährling erreicht.

„Und mich lässt du da, gefesselt. Wenn das Feuer kommt?", jammerte Anna.

Viktor ging nicht auf Anna ein. Er befahl ihr die Tür zum Wohnwagen aufzuschließen, bugsierte Anna nach innen, ließ sie eine Schnur suchen, die sie ihm mit zitternden Fingern überreichte und fesselte sie an einen Stuhl.

„Wenn das Feuer den Jährling erreicht, verbrenn ich hier. Das kannst du doch nicht wollen", flehte Anna.

„Wollen oder nicht, ich hab keine andere Wahl. Noch einmal: Solange der Westwind anhält, fehlt dir nichts. Und in drei, vier Stunden ist hier sowieso alles voller Feuerwehrleute. Bis dahin bin ich hoffentlich über alle Berge. Servus Anna, war schön, dich kennengelernt zu haben. Unter anderen Umständen hätt was aus uns werden können."

Nach diesen Worten schloss Viktor die Tür und ließ Anna mit ihrer fürchterlichen Angst allein.

***

Während Anna Todesängste ausstand, sprangen in Stubenbach drei tschechische Polizisten, kaum dass dieser zum Stehen gekommen war, aus ihrem Škoda. Das Blaulicht funkelte gespenstisch durch die Nacht.

Luise merkte, wie Jackl ihre Hand losließ, sie sah, wie die Rotherzler sich auf der Gred formierten, einen Halbkreis bildeten und so den Polizisten entgegentraten. Einer der Polizisten stellte auf Tschechisch eine scharfe Frage, die dem Herzober zu gelten schien. Die Tschechen antworteten nicht weniger scharf, fast kam es zu Handgreiflichkeiten. Dann, nachdem einige Minuten mit Diskussionen verstrichen waren, deutete Vašek, Zdenkas Mann vage hinter das Haus in Richtung Wald, als wollte er sagen „sucht ihn doch da, bei uns ist er nicht."

In dem ganzen Tohuwabohu war Luise zunächst gar nicht aufgefallen, dass Anna nicht mehr zu sehen war. Luise schaute sich um, wo konnte ihre Freundin wohl sein? Sie wird doch nicht…?

Luise wollte sich gar nicht ausmalen was mit Anna wohl sein könnte.

Mittlerweile hatte sich die Gruppe, vorneweg die drei Polizisten, hinter das Haus bewegt, in die Richtung, in die Viktor geflohen sein musste.

Ein Schrei des Entsetzens drang aus Luises Mund:

„Da, schaut, Feuer! Dort drüben, direkt da, Richtung Grenze. Macht was, helft! Die Anna ist vielleicht genau in diese Richtung."

Luise schluchzte und erzählte dem Jackl von ihrer Befürchtung. Tun konnte da aber keiner mehr etwas.

Einer der Polizisten telefonierte jetzt ziemlich laut und bestimmend.

„Hasiči", verstand Luise, immer wieder „Hasiči" brüllte der Mann in sein Handy. „Feuerwehr" musste das wohl heißen.

Man konnte zusehen wie das Feuer sich ausbreitete und näher kam. Wenn es weiter so rasch ging, würden die Rotherzler in spätestens einer Stunde fliehen müssen.

Unten im nahen Stubenbach hatten die Sirenen schon geheult, scheußlich anzuhören in der Nacht und doch erlösend für die Gruppe, deren Anspannung schon nicht mehr auszuhalten war.

Feuerwehren trafen nach und nach ein und wurden nach vorne, Richtung Gsenget dirigiert, der Hof sollte evakuiert werden.

Die Polizisten suchten gemeinsam mit den Rotherzlern nach Anna, im Umfeld des Hauses und auch im Haus selber. Sämtliche Räume waren leer. Nur ein Raum war zugesperrt:

„Co je to?" – „Das ist eine Keramikwerkstatt." – „Kann da wer drin sein?" – „Unmöglich, die ist immer versperrt und nur der Viktor, der geflohen ist, hat den Schlüssel." – „Aufbrechen!"

Was die zwei Polizisten, die in die Werkstatt eindrangen, dort sahen, ließ ihnen den Atem stocken. Und auch die Rotherzler, die von draußen einen Blick in die Werkstatt zu werfen versuchten, waren entsetzt.

Der Raum war zweigeteilt. Neben dem eigentlichen Keramikraum mit Töpferwelle, Brennofen und mannigfaltigen, zum Töpfern notwendigen Utensilien fanden sich andere Geräte. Alles, was die wie erstarrt da stehenden Eindringlinge sahen, deutete auf ein Labor hin.

Was in dem Labor hergestellt wurde war den anwesenden Polizisten fast sofort klar: Crystal!

Luise weinte still neben Jackl, der sie trösten wollte und unbeholfen den Arm um sie gelegt hatte.

„Wenn nur Anna nichts zugestoßen ist."

Kurze Zeit später befahl die Polizei, den Hof zu evakuieren.

***

Wieder einmal war Max Esterl mitten in der Nacht aufgewacht. Schweißgebadet. Wieder einmal trieb ihn die Angst aus dem Bett, eine Angst, die er nicht richtig hätte benennen können, die ihm aber den Schlaf raubte. Er musste nachschauen.

Max wälzte sich aus dem Bett, stand auf, verließ so leise wie möglich das Schlafzimmer, ging ohne Licht zu machen durch den Flur in die Küche und öffnete die Tür zur Terrasse. Die Luft draußen war jetzt ein bisschen kühler, Max schauderte leicht. Sein Blick wanderte Richtung Falkenstein. Wie ein riesiger schwarzer Buckel schaute der Berg auf Zwiesel herunter. Ganz oben erkannte Max ein einzelnes, in der Dunkelheit schwach funkelndes Licht: Das Schutzhaus.

Der Blick von Max wanderte nach rechts, die Grenzkammlinie Richtung Gsenget und Steindlberg entlang.

Da, war da nicht etwas, ein Lichtschimmer, etwas, das gelb und rot und dann, gleich darauf auch wieder weiß glomm und blinkte?

Ganz aufgeregt nahm der Ex-Kriminaler seinen alten Dienstfeldstecher zu Hilfe. Er musste seine Arme auf den Tisch stellen, um das Glas ruhig halten und durchschauen zu können, so zitterte er. Tatsächlich, dort oben war Feuer. Die schlimmste seiner Befürchtungen war eingetreten. Und die Mädels waren oben, oben auf dem Jährling.

Nach Esterls Schätzungen allerdings war das Feuer nicht direkt in der Nähe des Jährling, mehr Richtung Gsenget, Stubenbach. Trotzdem, er musste da hoch, musste Anna und Luise warnen. Wie oft hatten sie sich darüber lustig gemacht, dass dort oben kein gescheiter Handyempfang war. Erst einige hundert Meter weiter unten funktionierte es, Max hatte immer gesagt, das sei recht so, seine Generation sei auch groß geworden – ohne Handy. Heute Nacht hätte Max viel gegeben, wenn er die beiden erreichen hätte können. Er probierte es dennoch. Vergebens.

Max klemmte sich erneut hinter das Telefon und rief die Polizei in Zwiesel an. Eva war inzwischen wach geworden und stand zitternd hinter ihm. Aus dem folgenden Gespräch konnte sie unschwer entnehmen, um was es ging:

„Alfons, gut, dass du es bist, hier ist der Esterl Max. Ich hab keine Zeit für unnötige Worte, es brennt. Nein, nicht bei mir, es brennt oben, am Grenzkamm zwischen Falkenstein und Kiesruck. Ja, Richtung Gsenget. Alarmier sofort die Feuerwehren. Ja, alle, soviel kommen können, von allen Seiten. Von Buchenau aus sollen sie rauffahren, von Spiegelhütte, vom Scheuereck her. Ja, auch die tschechischen Kollegen. Das brennt, soviel ich jetzt mit bloßem Auge sehen kann, Richtung Gsenget und Grenze.

Und noch was, Alfons, ganz wichtig: Schaut bitte, sobald es geht, auf den Jährlingsschachten. Dort oben sind zwei junge Frauen, die haben das vielleicht noch gar nicht gemerkt mit dem Brand, oder sie sind in Panik. Kümmert euch um die beiden, meine Nichte ist eine davon.

Ich mach mich auch auf den Weg zum Jährling, ich fahr, soweit es geht, mit dem Auto nach oben. Was sagst du da? Ich scheiße auf den Nationalpark. Da geht es womöglich um Menschenleben. Ich fahr da hoch. Und wenn´s für mich gefährlich wird, dann ist das meine Sache.“

Eva hatte Max bei seinen letzten Worten an der Schulter gepackt und fest zugedrückt. “Geh da hoch, Max. Finde sie und bring sie heil runter.“

Max war nach Spiegelhütte gerast, hatte die Kurven geschnitten, wo immer es ging. Zum Glück war um diese Zeit niemand unterwegs. Das Dorf lag still, schlafend da. Kein Licht, nicht einmal eine Straßenlaterne. Max fuhr die kleine Straße hoch die zum Parkplatz und dann weiter nach oben führte.

Verdammt, fast hätte Max die Schranke übersehen, die weiß-rot gestrichene Schranke aus Eisen, die wie ein Relikt aus vergangenen Zeiten die Straße sperrte. Max bremste, wendete und brauste wieder nach unten.

Dann eben Scheuereck.

Auch dort war die Schranke geschlossen, kein Durchkommen. Max gab dem Hindernis einen Tritt. Das half natürlich auch nicht. Zum Glück hatte er seine Wanderschuhe immer im Kofferraum. Zitternd band er die Schuhriemen und eilte an der Schranke vorbei in den Wald, in die Dunkelheit hinein.

Die ersten paar hundert Meter, bis zum „Totenschädel“, einer Waldlichtung die auch als Holzlagerplatz diente und an der sich die Wege aus Scheuereck und Spiegelhütte trafen, war die Straße geteert, das wusste Max. Hier brauchte er kein Licht. Für später hatte er seine Autostablampe mitgenommen. Max rannte immer wieder ein paar Meter, dann musste er langsamer machen. Was für eine schlechte Kondition er doch hatte. Nach einigen Minuten war Max so außer Atem, dass er stehen bleiben musste um zu verschnaufen. Nachdem sich sein Atem und sein Puls wieder etwas beruhigt hatten, wollte er weiterlaufen.

Doch halt. Hatte er da nicht etwas gehört? Max zwang sich, nicht mehr zu atmen. Irgendjemand kam von oben die Straße herab. Anna? Luise? Nein, es war eindeutig eine Männerstimme. Ein Mann, der mit sich selber sprach. Nein, ein Mann, der telefonierte. Der Herzober, der telefonierte!

Jetzt war Max alarmiert. Er versteckte sich hinter einem Holzstoß, der direkt neben der Straße gelagert war und suchte verzweifelt nach einem Prügel. Das, was er vom Herzober hörte, versetzte Max zusätzliche Adrenalinstöße:

„Versteh doch endlich…du sollst mich abholen…ja, in Scheuereck am Parkplatz, da, wo du auch immer abgeholt wirst…die Polizei?...bisher sind mir nur die Tschechen auf den Fersen…ja, deswegen pressiert´s doch so…musste eine Geisel nehmen…hab ich auf dem Jährling zurückgelassen, gut verpackt, die kann sich nicht rühren…"

Max musste sich stark zusammenreißen, um nicht sofort auf den Herzober loszustürmen, der gerade im fahlen Licht der grauen Nacht schemenhaft sichtbar wurde.

Warten…warten…warten, bis er vorbei ist. Der Herzober telefonierte immer noch. Warten…

Und dann zuschlagen. Mit der Stablampe. Genau hinter´s Ohr. Das hatte gesessen. Der Herzober telefonierte nicht mehr.

Er lag auf der Teerstraße, verkrümmt, aus seinem Handy neben ihm drang eine Stimme, die Max allerdings egal war. Er zog den Bewusstlosen weg von der Straße, damit er nicht von der Feuerwehr, die irgendwann eintreffen musste, überfahren wurde.

Er unterbrach das Gespräch des Herzobers auf dessen Handy, indem er die rote Taste drückte und wählte erneut die Nummer der Zwieseler Polizei. Dort war anscheinend Hochbetrieb, denn er wählte dreimal an, bis er durchkam. Max hatte seinen Weg unterdessen hastig fortgesetzt um keine Zeit mehr zu verlieren.

„Alfons, hier ist wieder der Max. Hör zu. Neben der Forststraße von Scheuereck zum Totenschädel. Du kennst das? Dein Schwammerlplatz? Gut, Alfons. Neben der Straße liegt ein Bewusstloser. Kein Brandopfer, nein. Einen Schlag hat er gekriegt auf den Hinterkopf. Sei halt nicht gar so begriffsstutzig. Ist eh wurscht. Ja, verdächtig, äußerst verdächtig. Drogen. Vorsichtig! Gefährlich. Bewaffnet? Weiß nicht.“

Genau das hatte er vergessen, den Herzober nach Waffen zu durchsuchen. Das wäre ihm zu seiner aktiven Zeit nicht passiert. Aber zurückgehen würde er nicht mehr.

Anna oder Luise wartete. Wen von beiden mochte er wohl finden? „Gut verpackt, die kann sich nicht rühren“, hatte das Schwein gesagt. Und wo mochte die andere sein?

„Schade, dass ich nicht fester zugeschlagen habe“, dachte Max, während er keuchend seinen Weg fortsetzte. Als er oben am Taferlbaum ankam, sah Max schon die Röte, die der Brand vom Gsenget herüberschickte. Noch hörte und roch er aber nichts. Das schien Max ein gutes Zeichen: Der Wind wehte also nicht in Richtung Jährling.

Die Hoffnung verlieh Max Flügel. Nach einer Viertelstunde, die ihm aber wirklich alles abverlangte, erreichte er den Waldrand am unteren Ende des Jährling. Den Weg nach oben zum Wohnwagen, der durch hüfthohes Heidelbeergestrüpp führte, kannte Max nun schon fast auswendig. Zu oft war er hier in besseren Zeiten hochgegangen zu Anna und Luise.

Nach Luft japsend und immer wieder stolpernd rannte Max den Schachten hoch. Zum Glück hatte das Feuer den Jährling bisher noch nicht erreicht. Max sah zwar wieder den Feuerschein, aber die Flammen waren noch nicht so nahe, dass höchste Gefahr bestand.

Während er ganz kurz verhielt, um wieder zu Atem zu kommen, konnte Max schon Annas Stimme hören, die offenbar an seinem Keuchen und Husten gemerkt hatte, dass sich jemand näherte: „Hallo, ist da wer? Helft mir, hier bin ich, im Wohnwagen."

„Ich komme Anna, gleich bin ich da." Max hatte vor Anstrengung kaum mehr als ein Krächzen herausgebracht, aber Anna hatte ihn verstanden.

„Max, Max, Gottseidank!"

Sekunden später war Max im Wohnwagen und band Anna los. Statt dem Onkel in den Armen zu liegen, wurde Anna erst einmal blass und fiel dann vom Stuhl.

Kopf tief, Beine hoch, soviel wusste Max zum Glück noch. Nach einigen Minuten schlug Anna die Augen auf.

„Kannst gehen? Wir sollten von hier verschwinden. Der Wald brennt."

„Ich weiß, der Herzober war´s."

„Erzähl mir´s später, ich hab keine Ruhe bis wir nicht unten in Sicherheit sind. Der Wind kann sich drehen, dann ist hier in einer halben Stunde der Teufel los."

Wie um die Worte von Max zu unterstreichen begann ein Wind zu wehen, der von der Feuersfront her kam. Die beiden hörten plötzlich die Geräusche des Feuers, ein Prasseln, das fast ein Toben war, ein Fauchen, das gierig klang, Äste krachten, die zwei konnten sich nur noch mit Mühe verständigen. Sirenen von Feuerwehrfahrzeugen waren zu hören und jetzt hatten die inzwischen rennend Davonflüchtenden das Gefühl, mitten im Chaos gelandet zu sein. Brandgeruch breitete sich aus, obwohl das Feuer noch nicht direkt zu sehen war. Aber der Schein des Feuers wirkte bedrohlich genug.

Die beiden Flüchtenden hörten erst auf zu laufen, als sie nichts mehr vom Brand hörten und kaum noch etwas sahen. Das heißt, dem Max war inzwischen sowieso Hören und Sehen vergangen.

Er lag halb im Straßengraben und pumpte und pumpte. Nicht einmal als das erste Feuerwehrauto mit seinem gespenstisch den dunklen Wald erleuchtenden Blaulicht vorüberfuhr stand Max auf. Nach einigen Minuten aber löste sich die Spannung bei den zweien.

„I brauch a Halbe Bier", war der erste Satz den Max krächzend herausbrachte.

Hand in Hand gingen Onkel und Nichte den restlichen Weg nach Scheuereck. Der Herzober lag nicht mehr da, wo Max ihn abgelegt hatte.

Weitere Feuerwehrautos kamen ihnen jetzt entgegen, die Luft war erfüllt vom Geheul der Sirenen, die die Ruhe der Morgendämmerung gespenstisch unterbrachen. Als Max in sein Auto sank, war er total fertig.

Kaum waren Onkel und Nichte einige hundert Meter gefahren, da begann Anna schon heftig auf den Tasten ihres Handys rumzudrücken.

„Luise, was wohl mit Luise ist. Der Wind ging Richtung Stubenbach."

Doch eine Verbindung kam nicht zustande.

„Ruf lieber die Eva an, die sitzt daheim, kann nicht schlafen und macht sich Sorgen. Und sag ihr, wir kommen nicht sofort heim, ich muss noch zur Polizei."

Max nahm den kürzesten Weg nach Zwiesel, preschte durch Lindberg, ohne sich um die Geschwindigkeitsbeschränkung zu kümmern, raste den Dorfberg hinab, wo er den Zeitungsausträger in Schrecken versetzte und nahm die kleine Straße, die über den Rotwald nach Zwiesel führte. Die Sache mit dem Herzober ließ Esterl noch keine Ruhe.

In der Zwieseler Polizeistation war nur der Alfons anzutreffen, alle anderen waren im Einsatz. Das was Max wissen wollte, konnte ihm aber auch der Innendienstler erzählen:

Viktor, der Herzober, war gefasst. Die Kollegen von Alfons hatten ihn dort gefunden, wo Max ihn „abgelegt" hatte. Inzwischen war der Herzober auf dem Weg ins Krankenhaus oder in die U-Haft. Genaueres wusste der Alfons nicht.

Max atmete auf. Eine ganz und gar unprofessionelle Wut hatte er auf den Herzober gehabt, der sich an Anna, seiner, unserer Anna vergriffen hatte. Max spürte, wie sich nach und nach seine Nerven beruhigten. Er entspannte sich, stieg zu Anna ins Auto, berichtete ihr von der Verhaftung des Herzobers und rollte dann ganz langsam und schweigend mit seinem Wagen durch das soeben erwachende Zwiesel. Heimwärts.

Sie waren fast schon an ihrem Haus angekommen, als Max sah, dass die ersten Blitze die fahle Dämmerung durchzuckten.

Jetzt atmete der Ex-Kriminaler erneut auf. Ein Gewitter – Regen – das konnte für den Wald, der da oben gerade ein Inferno erlebte, die Rettung sein.

Als Max ihr Haus erreichte, war Anna vor Erschöpfung im Auto eingeschlafen. Er ließ sie schlafen. Der Regen prasselte inzwischen so stark herab, dass Max auf den paar Metern vom Auto zum Haus patschnass wurde. „Herrlich", dachte er, „herrlich". Eva wartete schon in der Haustür auf ihren Max. Nach einer innigen Umarmung war sie fast genauso nass wie er.

Die Eva fand den Regen auch gut: „Für die Natur. Aber für uns Lehrer und die Schüler ist das natürlich wie immer: Die Ferien beginnen und der Regen ist da."

Tief drinn im Böhmerwald

„Tief drinn im Böhmerwald, da ist mein Heimatort…", Deutsche wie Tschechen sangen die Hymne des Böhmerwaldes gemeinsam, die Deutschen auf Deutsch, die Tschechen auf Tschechisch. Max, der mit Eva und Anna etwas abseits am Waldrand stand, überblickte die Menge. Etwa 250 Menschen mochten es sein, die hier am Fest Mariae Himmelfahrt zur Hauswaldkapelle bei Rehberg gepilgert waren, um Kirchweih zu feiern.

Zu einer Kapelle, von der nur noch die Grundmauern standen und Zeugnis ablegten für die Vergangenheit.

Viele alte Böhmerwäldler waren da, aber auch viele, erstaunlich viele junge Tschechen. Der Klostermannverein war mit einem ganzen Bus gekommen.

Weibliche Mitglieder des Vereins hatten, einem alten Frauentagsbrauch folgend, Kräuterbuschen gebunden und verteilten diese an die Gottesdienstbesucher, ein Chor aus Klatovy sang, begleitet von drei Hornisten, eine zu Herzen gehende Messe, der Pfarrer von Kašperské Hory, ein noch ziemlich junger Mann, predigte auf Tschechisch und Deutsch über Versöhnung und sprach von dem Roten Herz, dem Herzen, das durch den Böhmerwalddichter Karel Klostermann zum unsterblichen Symbol für die Versöhnung geworden sei. Dann erteilte der Pfarrer seinen Segen und gab der bereitstehenden Blaskapelle das Zeichen zum Aufbruch. Anna legte, bevor sie gingen, noch schnell und etwas verschämt ein kleines, geschnitztes rotes Herz in der Kapelle nieder.

Die lange Prozession bewegte sich Richtung Rehberg. Einige der Prozessionsteilnehmer beteten und sangen, die anderen genossen einfach nur die Sonnenstrahlen, die sich vereinzelt durch das Geäst der den Wegrand säumenden Fichten stahlen. Die ersten Sonnenstrahlen seit vierzehn Tagen.

Max war überrascht, als jemand ihn und Anna, während sie beide in der Menge marschierten, auf die Schultern tippte. Die Überraschung schlug um in Freude: Luise und Jackl! Arm in Arm. Die Liebe zueinander sah man den beiden deutlich an. Luise konnte sich nicht zurückhalten: „Wisst ihr schon?"

Natürlich nicht.

„Wisst ihr schon, dass der Jackl und ich heiraten. So bald wie möglich. Hier an der Ruine der Hauswaldkapelle. Mit dem Pfarrer von Kašperské Hory haben wir schon gesprochen. Ihr seid alle eingeladen."

Ludwig Rindl gesellte sich zu ihnen, der Vizepolizeichef, der dem Max ja vor einigen Monaten angeraten hatte (so lang schon wieder her!), zur Hauswaldkapelle zu pilgern.

Rindls Eltern stammten aus Rehberg, er kannte sich hier aus und er war es, der die Gruppe kurz vor dem Ziel aus der Prozession herauslöste und in die Richtung einer Gastwirtschaft dirigierte. Dort standen Tische im Freien, die jetzt zu dieser frühen Zeit alle leer waren.

Nicht alle. An einem der Tische saß ganz allein, vor sich einen vollen Krug Bier:

Josef Holub.

Als Max „so eine Überraschung, da muss ich mich gleich hersetzen und ein Bier trinken", ausrief, lachten alle.

Erst als vor jedem der Gäste ein volles Glas Pilsener Bier stand, begann Holub zu erzählen.

Er und Rindl ergänzten einander, was der eine nicht wusste, wusste der andere. Und so bekamen alle anderen ein Bild von den Ereignissen in Stubenbach und am Jährling.

Das Wichtigste: Der wolkenbruchartige Regen war gerade rechtzeitig gekommen. Die staubtrockenen Baumleichen, die der Windwurf und anschließende Borkenkäferfraß übriggelassen hatten, waren allerdings wie Zunder aufgegangen, die Wälder am Lakaberg oder was von ihnen noch übrig gewesen war, hatte es nochmals schwer erwischt.

„Kein großes Problem", warf Max Esterl ziemlich ungerührt ein, „das war nur Leichenverbrennung. Die sind eingeäschert worden. Tot waren sie schon vorher."

Aber das Rote Herz war verschont geblieben, ebenso der Jährling.

Viele Mitglieder, so ergänzte Jackl, wollten dem Roten Herzen die Treue halten, keinem von den Rotherzlern konnte eine Mitwisserschaft an den Machenschaften ihres Mitbewohners nachgewiesen werden, alle waren wohl echt überrascht und auch entsetzt von dem, was sich da hinter ihrem Rücken abgespielt hatte.

Jackl erzählte auch, wie es mit dem Roten Herzen weitergehen sollte.

Zdenka und ihr Mann Vašek hatten vor, das Rote Herz weiterzuführen, vielleicht ab nächstem Jahr als Fremdenpension, als Eigentümer hatte Viktor vor Jahren praktischerweise die beiden Tschechen eintragen lassen. Schulden waren zum Glück keine mehr da, Viktor hatte offensichtlich mit dem Geld aus dem Keramik- und vor allem Drogenverkauf gut gewirtschaftet.

Niemand hatte bisher gefragt, wo das Drogengeld hingekommen war, die Polizei konzentrierte sich in der Vernehmung des Herzobers auf Herstellung und Vertriebswege. Hoffentlich blieb das so. Holub wie Rindl hatten bestätigt, dass sie dieses Thema nicht besonders interessierte.

„Besser so!“, hatte Josef Holub kommentiert und für sich Svíčková bestellt, Lendenbraten mit böhmischen Knödeln. Max hatte sich dem sofort mit Begeisterung angeschlossen und die missbilligenden Blicke von Eva wieder einmal einfach übersehen.

Das Label „Rotes Herz“ wollte man parallel zum Pensionsbetrieb ausbauen. Zdenka und Vašek schienen da einige gute Pläne zu haben.

Eva versprach, unter ihren Kolleginnen heftig für die Produkte des Roten Herzens zu werben, einige andere Mitglieder wollten der Gemeinschaft weiterhin die Treue halten und im Frühjahr wiederkommen.

Eva und Max versprachen, im nächsten Sommer ein paar Tage in der Pension zu verbringen, „wenn ihr dann immer noch so ein gutes Brot backt.“

Typisch Max. Weiterer warnender Blick von Eva.

Holub erzählte, dass er als Leiter einer Sonderkommission eingesetzt war, die eng mit der bayerischen Polizei zusammenarbeiten sollte. „Musst mit mir Deutsch lernen", lachte er zu Max hin. „Ja, wenn du mir Tschechisch beibringst", lautete die Antwort.

„Prost, Max – Na zdraví, Pepiček! "

Ludwig Rindl berichtete wie die Kriminalstory mit dem Roten Herz weiterging. Viktor, der Herzober, war von der Bayerischen Polizei am Totenschädel festgenommen worden. Er war von dem Schlag mit der Stablampe noch so benebelt gewesen, dass er überhaupt keinen Widerstand geleistet habe.

Rindl ergänzte, dass Viktor momentan in Untersuchungshaft sei. Der Herzober sei im Prinzip geständig. Bei den Verhören betone er immer und immer wieder, dass er das Crystal – Labor nur für das Rote Herz betrieben habe:

„Wie hätte das Rote Herz die ganze Zeit ohne mich und meine Einnahmen überlebt? Wer hätte alles finanziert? Glaubt ihr, das alles wäre möglich gewesen ohne mein Labor? Ich hab´s doch nur für das Rote Herz getan."

Ihm werde der Prozess gemacht und es komme, mit der Entführung der Anna und der Brandstiftung, allerhand zusammen.

„Stubenbach sieht der sobald nicht wieder."

„Da geht´s dem Herzober wie der armen Agnes aus der Klostermann – Erzählung, fast könnte er einem leidtun." Das sagte ausgerechnet Anna, die mit dem Herzober das Meiste mitgemacht hatte.

„Hier sehe ich schon einen gewaltigen Unterschied zur Agnes“, setzte Eva, die Deutschlehrerin, entgegen. „Die Agnes hat ihren Angebeteten naiv, im guten Glauben vergiftet. Viktor dagegen hat gewusst, was er anrichtet. Er hat viele auf dem Gewissen, viele solche wie den Fritzi.“

Bei den zwei Paschern, berichtete Rindl dann weiter, werde nicht sehr viel herauskommen.

Die leugnen und leugnen, der Viktor deckt sie, soweit er kann. Wenn man die nicht auf frischer Tat erwischte, sei es schwer, etwas nachzuweisen.

Anders sei es mit dem Händler, der den Paschern des Herzobers die Drogen abgenommen und diese weiterverklickert habe. Bei dem habe man eine größere Menge Crystal gefunden. Das reiche auf jeden Fall für eine Anklage.

Die Preise für das Crystal-Zeug, so Rindl, hatten auf alle Fälle seit kurzem wieder angezogen. Der Fritzi, erzählte der Vize-Polizeichef weiter, habe das Ganze nicht derpackt und sei jetzt in einer Suchtentwöhnungsklinik im Unteren Bayerischen Wald. Zum Glück hielten seine Leute zu ihm.

Eine etwas sentimentale Stimmung kam auf. Nach der vierten Halbe Pilsener bemerkte Max, dass nur eine Person aus ihrem „Aufklärungsteam“ heute, an diesem schönen Ort nicht anwesend war: „Irmi aus Železná Ruda. Die müssen wir unbedingt besuchen. Anna und du, liebste Eva, und ich.“

Es würde allerdings nicht leicht werden, schoss es Max durch den Kopf, die beiden dazu zu bringen, ins Puff zu gehen.

Gegen Nachmittag, es wurde nach den vielen Regentagen und in dieser Höhenlage schon kühl, ging die denkwürdige Gesellschaft auseinander, die einen wollten nach Stubenbach, die anderen mussten noch bis ins Bayern rüber.

Holub bot Max und seinen beiden Begleiterinnen an, sie in seinem Dienstwagen bis Železná Ruda an die Grenze mitzunehmen. Von dort konnten sie bequem mit dem Zug nach Zwiesel fahren.

„Weiter als bis Grenze geht nicht. Ist Dienstwagen."

„Sie arbeiten heute, am Feiertag?", fragte Anna naiv.

„Maria fahrst auf Himmel is nicht Feiertag bei uns in Tschechien", sagte Pepiček und fügte augenzwinkernd hinzu: „Ich hab heite schon ganze Tag gearbeitet. Sakra práce! Vrfluchte Arbeit."

Dem setzte Max Esterl noch eins drauf: „Und Kruminale!"

Konec - Ende

Nachwort:

Die handelnden Personen gibt es in Wirklichkeit nicht, ich kenne sie trotzdem alle.

Na gut, die Irmi nicht.

Fünf Ideengeber haben mich auf die Spur zu diesem Roman gebracht:

- Die Nachrichten von den Gefahren des Rauschmittels Crystal-Meth und von der Zunahme des Rauschgiftschmuggels aus unserer östlichen Nachbarrepublik standen und stehen in allen Zeitungen, z.B. am 14. Januar 2014 im Bayerwald-Boten.
- Der Nationalpark Bayerischer Wald hat tatsächlich im Sommer 2014 wieder einen der Schachten beweidet, allerdings ohne Praktikantinnen und nicht den Jährling, sondern den Ruckowitzschachten, siehe Bayerwald-Bote vom 20.8.2014. Der Jährling wäre in Wirklichkeit wohl nicht so gut geeignet, er ist zu stark mit Heidelbeersträuchern verkrautet.
- Zwei Jahre vor der Entstehung dieses Romans ist ein Buch von Marita Haller, Reinhard Haller, Sven Bauer und Jan Jan Jirak erschienen („Schmuggler und Schwirzer an der böhmischen Grenz´", Verlag Über d´Grenz e. V., Zwiesel), in dem genau der Schmugglerweg beschrieben wird, den ich die beiden Pascher nehmen ließ. Der Jährling liegt diesem Weg von allen Schachten am nächsten.
- Gerhard Pscheidt, Ex-Vermessungsdirektor, dessen Pascher-Vorfahren diesen Weg zweimal die Woche machten, hat mir geschildert, wie es damals war.

- Die Erzählung „Das rote Herz“ von Karl Klostermann ist nachzulesen in seinem Erzählband „Der Sohn des Freirichters“, übersetzt von Gerold Dvorak, erschienen im Verlag Karl Stutz, Passau. Die Übersetzung, die hier abgedruckt ist, ist nicht veröffentlicht. Sie stammt von Anna Jelinek, einer Großnichte Karl Klostermanns. Der Urgroßneffe des Dichters, Herr Karl Klostermann aus Zwiesel, hat mir die Jelinek-Übersetzung zur Verwendung überlassen. Danke!
- Bei der Kirchweih an der Hauswaldkapelle konnte ich heuer erstmals selber mit dabei sein, Du, lieber Leser könntest das auch. Infos darüber gibt es beim Verein „Karl Klostermann – Dichter des Böhmerwaldes e. V.“ Rosenauerstrasse 5, 94481 Grafenau. Bis zu dem Zeitpunkt, als unsere Freunde die Prozession verlassen haben, war alles so, wie ich es beschrieben habe.

Glossar

Flez	Hausgang
Gred	gepflasterter Vorplatz des Bauernhofes, Terrasse
Woizerl	Steinpilz
Rehgoaß, Mz. Rehgoiß	Pfifferling
Zigeuner	Hexenröhrling

Dank

Für die Titelfotos bedankt sich der Autor bei:

Archiv Josef Schmidt, Zwiesel

Dr. Alexander Straßner, Spiegelhütte

Karl Klostermann Verein e.V., Grafenau

Danke den Lektoren, dem Straßner Alex, meinen Töchtern Elisabeth und Magdalena, dem „Fehlerfischer“ Pongratz Hans.

Und natürlich meiner Frau Conny, die mich, zusätzlich zu ihrer Lektorentätigkeit auch noch aushalten muss.

Dank auch an meine Freunde, die mich so viel erleben lassen, dass es noch für einige Romane reichen würde.

Der Autor

Ossi Heindl verbrachte seine Kindheit und Jugend in Zwiesel im Bayerischen Wald. Nach dem Abitur (1970) am Gymnasium Zwiesel studierte Heindl in München Kath. Theologie und Germanistik für das Lehramt.

Er verbrachte seine Referendarszeit in Würzburg und kehrte als Religions- und Deutschlehrer an das Gymnasium Zwiesel zurück.

1986 übernahm Ossi Heindl die Schulleitung am Berufsbildungszentrum des Mädchenwerks in Zwiesel.

Heindl ist verheiratet, hat zwei Töchter und (momentan) vier Enkel, denen er möglichst oft Geschichten erzählt.

Seine Leidenschaften sind denen des Max Esterl sehr ähnlich: Schafkopfen, Sport treiben (Fußball, Basketball, Skifahren), Musik, Natur erleben und Lesen, besonders gerne natürlich die Werke von Karl Klostermann. Seit seiner Pensionierung ist bei Ossi Heindl auch noch das Schreiben hinzugekommen.

Sollten Sie auch kennen ...

Karl Klostermann und der Ameisenhaufen

von Ossi Heindl

Max Esterl, pensionierter Kriminalbeamter, will eigentlich nur seine Ruhe haben, hin und wieder Schafkopf spielen, die Abgeschiedenheit des Bayerischen Waldes genießen und abends die Romane des Böhmerwalddichters Karl Klostermann lesen.

Dann aber wird Max Esterl samt seiner Frau Eva, einer Deutschlehrerin, in einen rätselhaften Fall hineingezogen. Mit Hilfe von Freunden und der Literatur versucht Max Esterl, diesen Fall zu lösen.